夏色の幻想曲

山部京子・作
西川知子・絵

文芸社

目次

一　ケンカ……4
二　不思議な少女……11
三　北海道へ……19
四　さくら……29
五　さくらの言い分……37
六　伯母のロマンス……47
七　響き合う心……55
八　ナマズ氏あきれる……61
九　いらだち……71
十　武の身の上……81
十一　アクシデント……91
十二　よみがえった記憶……98
十三　夢……107
あとがき……115

一　ケンカ

雅彦は、先だっての不思議な体験を、北海道の伯母への手紙に綴ろうとしていた。

七月末の昼下がり。真夏のけだるさの中に、開け放った窓から時折スワーッと流れ込む涼風が、彼の横顔をくすぐっていく。ここ湘南鎌倉市の閑静な住宅街は、裏山のセミの声に包まれ、はるか上空にはハケでサッと描いたような雲が、あちこち気ままに遊んでいる。

書いたり止めたり破ったり……、もう二時間以上もそうしていた彼は、ついにあきらめてペンを投げ出した。

「だめだー、ぜんぜんうまく書けない。やっぱり、北海道まで行ってみようか……」

ぶつぶつ言いつつ椅子を立った彼は、よし！　と、階下へかけおりて行った。

雅彦、十七歳。東京のT音楽院付属高校三年生である。

父は著名なピアニスト、母は元ソプラノ歌手。一人息子の彼は、親ゆずりの音楽的才能と端正な容姿に恵まれ、将来有望なピアニストの卵として順風満帆な青春まっさかりだ。

本日、両親はコンサートのリハーサルのため外出中。

リビングに入ると、背中合わせに置かれた二台のグランドピアノが、眠ったように蓋《ふた》を閉じている。その上には、ドサッと山積みされた夏休みの宿題と、二学期早々に行なわれる、ピアノ科への推薦のための実技課題曲の譜面。

「あーあ、これも練習しないとなあ」

雅彦はため息つきつき、電話のそばに行った。

「いきなり行きますなんて言ったら、伯母さん、びっくりするだろうな。この前行ったのは……うわ、九年も前だ」

北海道の伯母は母の姉にあたる。若い頃は、ピアニストを目指したこともあったそうだが、旅先の北海道で会った伯父に魅《ひ》かれ、百八十度の方向転換をしたという。その伯父は、農場と小さな福祉施設を運営する傍ら、小説も手がけるスーパーマン。

二人は、幼い時分、毎夏のように遊びに行っていた雅彦をそれはかわいがってくれた。そして、久しく会わない今も、伯母と時々交わす手紙によって、親しみは続いていた。

「えーっと、伯母さんとこの番号は……」

少し緊張ぎみに受話器を取り上げたとたん、表で大きな声が響いた。

「おーい、雅彦ォ」

「あれっ？　あいつだ。なんだろ、今ごろ……」

一旦受話器を置くと、雅彦はテラスに飛んで行った。玄関前の敷石のところで二階を見上げているのは、同級生で、小学四年からの幼なじみの武である。

「こっちこっち。どうしたんだよ武、今日はバイトじゃなかったのか？」

雅彦が声をかけると、武は、側の植えこみをピョンと飛び越え、中庭に入ってきた。

「それがさあ……いま行ってみたら、とっくにクビんなってて」

まいったように頭をかく彼は、雅彦とは対照的ながっしりした体格に、天然パーマだという濃いちぢれっ毛。日焼けした浅黒い顔が、どことなく野生味を感じさせる。

「クビー？　なんでまた……」

「はじめて早々に、二日もサボるようなやつは、信用できないってさ」

武は、テラスの日除けの下の椅子に、ふうーっと腰をおろすと、顔の汗をぬぐった。

「武？　それじゃ、先週、僕を捜してくれた日のことが響いて？」

「まーな、あ、気にすんなよ。バイト先なんて、また探せばいいんだから」

「えー、でも、悪いことしちゃったな」

「いいって。先週のことは俺にも責任あるんだし……あの日は、ちょっと言いすぎたよ」

あの日……とは、夏休みに入ったばかりの先週の金曜日のことである。

雅彦と武は、夏休みの宿題の連弾曲の練習をめぐり、めずらしくハデにやりあったのだ。

曲は、シューベルトの『幻想曲へ短調 op.103』。音合わせをはじめてまもなく、セカンドパートを弾いていた武が、突然かんしゃくを起こしたように鍵盤をひっぱたいた。

「雅彦っ、おまえ、その弾き方なんとかならないのか！」

「なんだよ、いきなり……」

雅彦は、あっけにとられ手を止めた。

「もっと気イ入れて弾けよ。チンタラチンタラ、つまらない音並べやがって」

「チン……？」

雅彦は、ムッとなった。

「僕はちゃんと弾いてるだろ。武より、ずっとキチンと正確にな」

「キチンと正確に？　ふん、お得意のノーミス、パーフェクトか」

「何が言いたいんだよ？　武」

「おまえのピアノには、ハートがないってことだよ。スイッチポンの自動演奏機と同じで音に血が通ってないんだ！」

「な……」

雅彦は一瞬つまった。武の言葉は、雅彦の弱点をズバリ突き刺したのだ。

学年一の腕といわれる雅彦は、たしかにうまい。が、うまさ故に面白味のない演奏だとの批評もささやかれていた。しかし、雅彦は認めまいとした。

「じゃあ何か、武みたいに、好き勝手に曲をぶち壊して行くのが、ハートのある演奏だって言うのか？」

今度は武がひるんだ。即興演奏を得意とする彼は、オリジナルでは、その奔放なタッチで聴き手をひきつけたが、その分、既成曲がどうも苦手である。あまりの個性の強さで、もとの曲想をそこなってしまうのだ。

雅彦は、勝ち誇ったように言った。

「ま、武の曲なら武の意見も尊重するけどさ。残念ながらこれはシューベルトだ」

「そうだ、これはシューベルトだ」

武が、皮肉っぽく繰り返す。

「そう言いながら、おまえは、ベートーヴェンでもシューマンでもモーツァルトでも、みな同じように、ペラッと弾くわけだよな」

「なに?」

「いいか雅彦、シューベルトってのはな、もっと素朴で……」

「夢みる野の花のように、って言うんだろ」

雅彦は、うるさそうにさえぎった。

「武の詩的講釈はききあきたよ。そんな精神論でピアノが弾けるもんなら、やってみろよ。ただし僕のパートで、今すぐにな」

「くそう……」

初見の苦手な武は、くやしそうに唇をかんだ。

「俺に、おまえほどのテクニックがあったら、すぐにわからせてやるのに……」

「口で言うのは簡単さ。武も人に説教する前に、スケールの練習でもしたら？　さっきのワルツのとこなんか、音がボコボコで聴いてられなかったよ」

「うるさい！　おまえみたいなのっぺらぼうより、ボコボコの方がまだマシだ」

「なんだって！」

「この際言わせてもらうけどな。俺は、おまえのその気どり返った水もこぼさずって音を聴くと、イライラするんだ。自動演奏機相手に連弾したって面白くもなんともねーや！」

「武っ！」

雅彦は、バン！　と譜面をたたきつけた。

「言わせておけば……こっちこそ、武みたいなやつと組むのは、ごめんだ！」

そう言うと雅彦は、プイッと表に飛び出して行ってしまった。

そして、そのままこつ然と姿を消してしまい、翌々日の朝、裏山の崖下に倒れているのを武に発見されるまで、みんなを大騒ぎさせたのだった。

「あの二日間で、俺、寿命が三十年は縮まったよ。どれだけ捜したことか……」

武は、思い出してため息をもらした。

「わるいわるい。でも、よくあの場所がわかったな」

「うちの先生が、もしかして、って言ったんだ」

先生というのは、音楽院の大学と高等部のピアノの授業を担当する老教授である。

武の遠縁にあたるという教授は、小学四年のときに両親を亡くした武を、鎌倉の自宅に引き取り、我が子のようにいつくしんでいる。雅彦にとっても、母や伯母の恩師でもあった教授は、幼い頃から親しんできたやさしい祖父のような存在であった。

「先生には合わせる顔がないなあ。先生の宿題が原因で、あんな騒ぎ起こしちゃってさ」

「俺、レッスン以外で、はじめて先生に怒られたよ。つまらないケンカするなら宿題なんかやらなくてよろしい！　って」

「キツー。あの先生にそんなこと言われると、こたえるよな」

「まあな……とにかく無事でよかったよ。けどおまえ、なんであんな崖下に行ったんだ？あそこって、去年の嵐で遊歩道がくずれて、立ち入り禁止になってるだろ」

「そのことでさ、武にも話したいと思ってたんだ。……あ、ここは暑いな。上に行かないか？」

雅彦は、武を二階の自分の部屋へと誘った。

二　不思議な少女

「なんだあ、この紙屑は」

部屋に入るなり、武が顔をしかめた。

机の上にあった書き損じの便せんの山が、床中にまき散らされている。

「いっけね、風で飛ばされちゃったんだ」

「なになに……？　伯母様こんにちは。実は、僕は先日……」

「こら！　人の手紙見るな」

雅彦は武が拾った屑をあわてて取り上げた。

「おまえって、変わってんなあ。今時その年で伯母さんと文通だなんて、天然記念物もんだぜ。そんな暇あったら、女の子たちからのラブメールに、返信でもしてやったら？」

武は、紙屑に埋没しかけているケータイを見ながら、ケラケラ笑った。

「よけいなお世話。それより、武もケータイぐらい持てば？　この間だって、バイト先に事情を連絡できれば、クビにならなかったかもしれないじゃない」

「あのときは、それどころじゃなかったよ。それに、ケータイなんか持ったら、年中縛られて煩《わずら》わしいじゃん。しょうもないメールに付き合っているヒマもないしさ」

「また……そんなこと言うから、近寄りがたいって誤解されるんだよ」

即興の天才といわれる武は、女子の間にもけっこう人気がある。けれど、一見こわそうな風貌とストレートな物言い、そして教授の身内であるということも、お嬢様たちのアタック熱に、ブレーキをかけているらしかった。

「近寄っていただかなくて結構。……で、俺に話したいことって?」

「そうだ。実は、伯母さんにもそのことを書こうとしてたんだけど……」

側の屑をよけると、雅彦は、真顔になって武の前にすわった。

「あの日さ……僕は気を静めに少し歩こうと思って、裏山に行ったんだ。でも、あそこって夏は草ぼうぼうで、そこら中、セミの墓場みたいだろ?　なんか気味悪いし、すぐに引き返そうとしたんだ。ところが、草のせいで道をまちがえたみたいで、行っても行っても元の所に出られなくてさ。あせって歩いてるうちに、気がついたらあの崖の上に来てて……」

「あぶねえなあ。足踏み外したらどうするんだよ」

「それが、見事に踏み外しちゃったんだよな」

「えっ?　おまえ、自分で下に降りたんじゃなかったのか?　おまえを診察した医者が、落ちたにしてはケガもないし、崖を伝って降りたとしか考えられないって……」

「わざわざあんなとこに行くかよ。幸い落ちた場所が草の上だったから、助かったけど」

「だって……五メートル以上も下だぜ」

　武は、信じられないようにつぶやいた。

「まあ、ケガされるよりはいいけど……それで？」

「僕は上に登れる所を捜しながら、崖にそってぐるっと歩いてみた。そしたら、そこにすっごく大きな二叉の桜の木があって……」

「二叉の桜の木？」

　武が驚いたように口をはさんだ。

「もしかして、それ、片方が妙にねじれて横に張り出してるやつか？」

「そう。あれっ？　何で知ってるんだ、武」

「え……いや、先生からきいたことがあって……あのあたりは、昔は先生の実家の所有地で、よく散歩してたところだそうでさ……、あ、ほら、先生の古いアルバムにその木の写真があっただろ？」

「そうだっけ？　木の写真なんて、あんまり興味なかったから」

「ま、そんなことはどうでもいいよ。で？　その木がどうかしたのか？」

「うん……その木の側を通りかかったら、急にピアノの音がきこえてきたんだ」

「ピアノー？　なんでそんなとこから……？」

「僕も、誰かがＣＤでも持ち込んでいるのかと思った。けど、木の裏をのぞいてみたら……なんと、一人の少女が、一生懸命ピアノを弾いていて……」

「ちょ、ちょっと待った！　おまえ、落ちたときアタマ打たなかったか？」

「打ってないよ。信じないかもしれないけど、僕は、この目でちゃんと見たんだから」

「えー、でもなあ」

いぶかしがる武。雅彦は、かまわず続けた。

「その子は夢中で弾いていたんだけど、『ああ、この先がわからない』って、突然手を止めちゃったんだ。僕は思わず声をかけた。よく知ってる曲だと思ったからさ。彼女は、大喜びで僕にピアノを譲った。ところが……いざピアノに向かったら、ぜんぜんダメなんだ」

「ダメって？」

「どうしても弾けないんだよ。ごく簡単で知ってる曲のはずなのに、弾こうとすればするほど、メロディーはおろか、調性さえもわからなくなっちゃって」

「ははん。それって、推薦の実技試験のプレッシャーじゃないのか。よくあるじゃん？　試験前に、頭ん中がまっ白になる夢見るってこと」

「そんなんじゃないよ」

雅彦は、いくらかムキになった。

「僕はあせって『これは何の曲だっけ?』って聞いてみた。そしたらその子が言うには、『わかりません。でも、たぶんわたしの曲です』って……。僕は、からかわれたのかと少し腹が立ってさ。『自分の曲なら、人に聞かずに好きに弾いたらいいじゃないか』って、ピアノを立ったんだ。するとその子は、急に悲しそうな、怒ったような顔になって……『やっぱり、あなたは涙を知らないかたなのね』って……」

「はあ……?」

「それからこうも言ったな。『あなたのピアノは温室の花です。涙の洗礼を受けていない温室の花は、かぐわしい香りを放つことはできないのよ』ってさ。……わかるか? 武」

「ん? あ、いや……」

「僕もわけがわからず戸惑った。けど、ふと思ったんだ。彼女のオリジナルを、はじめなぜ、よく知っている曲だと感じたんだろう? って……それで、もう一度その曲を弾いてもらおうとしたんだけど、そこで急に脱力感に襲われちゃって……、気がついたときは、もとの崖下に戻っていて、ちょうど、武が助けに来てくれたところだった……」

「へーえ、そういうのを、極限状態での幻覚っていうのかねえ」

しかし、雅彦は、「いいや」と、立ち上がりながら言った。

「どうもあれは、ただの幻覚なんかじゃないような気がしてきてさ」

そして、机の引出しから一枚の写真を取り出すと、武に差し出した。そこには、薄紫色のワンピースを着てピアノに向かう、ほっそりした女の子の横顔が写っている。

「この子は？」

「北海道のいとこのさくら。先週、伯母が送ってくれたんだ」

「へー？　これがさくらちゃんか……おとなしそうな子だな。いま何年生？」

「中二だって」

「中学生か……それにしては雰囲気があるっていうか、前から見たらけっこう美人かもな……で？　この写真がどうかしたのか？」

「何となく似てる気がして……」

「似てるって、何が？」

「だから、崖下で会った子に」

？……一時何とも言えない表情を浮かべた武は、次の瞬間アハハと笑いだしてしまった。

「おまえいいかげんにしろよ。いくらこの写真にポーッとなったからって幻覚まで見……」

「武！」

雅彦は、バッと写真をひったくった。

「おっと……なんだよ、乱暴だなあ」

「僕は真面目に話してんだぞ！　もういい。やっぱり自分で北海道に行って、確かめるから。ちょうど、伯母さんに電話しようと思ってたとこなんだ」

憤然と下に行きかけた雅彦を、武はあわててつかまえた。

「待てよ。ごめん、からかったりして悪かったよ」

無理やり引き戻すと、武はやれやれと、ドアの横の壁に寄りかかった。

「なあ雅彦、北海道に行くって本気か？　行って、何を確かめるんだよ？」

「あの子が弾いてた曲……もしかして、さくらのオリジナルにあるかもしれないと思って」

ば……かばかしい……と、言いかけたのを、武は飲み込んだ。

「だっておまえ、肝心の、その夢ん中に出てきた曲を、ぜんぜん覚えてないんだろ？」

「聴けば絶対に思い出すよ。今も、このへんまで出かかっているんだけど」

「あのさ……なんで、その夢にそんなにこだわるんだ？」

「わからない。わからないけど、なんだか気になって仕方がないんだよ」

雅彦は、落ちつかない様子で、窓の外の遠い空に目をやった。

「けど雅彦、おまえ、この夏は忙しいんだぞ。超厳しいピアノ科への推薦ワクに、せっかく選ばれたんだんだろ」

「ピアノの練習なら、伯母さんとこでもできるよ」

「じゃあ連弾はどうするんだよ」

「あ……」

「ったく、先週の騒ぎで、ただでさえ練習が遅れてるんだからな」

「そっか。あ、じゃあさ、武も一緒に行こう！　それなら連弾の練習もバッチリできる」

「ダメだ。俺にはそんな暇はない」

「武は暇だろ？　作曲科への推薦の実技は即興が主だし、武の場合は、一学期までの成績でもう決まってるようなもんだしさ」

「でも、バイトが……」

「バイトなんて、どうせ、クビになったとこじゃない。だいたい、先生だって、武のバイトには賛成じゃないんだぞ」

　それは本当である。武は、学費などで教授に負担をかけて申し訳ないと、この夏休みにアルバイトをすると言いだした。教授は大反対したが、武がどうしてもときかないので、趣味だと思って好きにさせることにした……と、母に話しているのを聞いたことがある。

「な、そうしよう。一緒に行ったら伯母さんたちも喜ぶよ。どうしてもバイトしたいなら、伯母さん家が貸している農場に、何か仕事があると思うし……僕も手伝うからさ」

「うーん……どっちにしても、先生に相談してみないと……」

「じゃあさ、決まったら電話くれよ、な」

「あーあ、なんか、妙なことになっちゃったなあ」

　武は、ぼやきながら帰って行った。

彼から、行くことにしたとの電話が入ったのは、その夜遅くなってからだった。

「先生が雅彦についていけっていうからさ。それに……ま、とにかくそういうことだから」

武は、何か奥歯にものがはさまったような言い方をして、電話を切ってしまった。

三　北海道へ

翌々日。うまくキャンセル待ちの航空券がとれた雅彦たちは、朝早く羽田へ向かった。

「ラッキーだったよなあ。天気もいいし、今日はきっと、津軽海峡がきれいに見えるぞ」

機内の座席に落ちつくと、雅彦は機嫌よく武に話しかけた。

「あれ？　武、元気ないな。飛行機は苦手？」

「いや……あのさ」

ためらった後、武は唐突に切り出した。

「さくらちゃんって、おまえの伯父さんと伯母さんの本当の子じゃないんだってな」

「え……」

雅彦は、少しドキッとした。

「おととい先生から聞いた……というか、先生は、雅彦が俺にとっくに話してると思ってたみたいでさ。北海道行きのことを相談したとき、ひょっとそんなことが出て……」

「そ、そっか……ごめん、別にかくしてたわけじゃないんだけど……」

雅彦は、どう言おうか説明に困った。

話は八年ほど前に遡《さかのぼ》る。春先の雨上がりの朝、小さな女の子が、伯母の家の庭の桜の木の根元に倒れていた。何か強いショックを受けたのか、裸足で全身びしょ濡れのその子は、自分の名前さえわからない状態だったという。診察した医者によると年齢は五歳ぐらい。しかし、該当する捜索願いも出ておらず、身元の確認もできない。

ふびんに思った伯父と伯母は、その子に『さくら』と名をつけ、特別に自分たちの手元に引き取ったのである。

そのことは、特に秘密というわけではなかった。けれど、武には、なぜかそのことを言いそびれていた……。武が、鋭い洞察をひらめかせて言う。

「おまえ、俺に気イ遣って話さなかったんだろ？　俺もさくらちゃんと同じで、他人のやっかいになってる身だからさ」

「そ、そんな、ちがうって」

雅彦は、あせりつつ手をふった。

「気なんか遣うわけないじゃない。だって、武とさくらはぜんぜん立場が違うんだし……」

「立場？」

「ほら、さくらは全くの養女だけど、武の場合は、先生のちゃんとした親戚で……」

「関係ねえよ、そんなこと」

武が、ぶっきらぼうにさえぎった。

「親戚であろうと、親でもない人様の情けにすがってきたってことには、変わりないだろ」

「武……」

雅彦は、何も言えなくなってしまった。

ふだん豪放で陽気な武だが、ごくたまに、こういうシビアな表情を見せることがある。そんなとき雅彦は、ふいに自分が突き放されたような、妙なあせりを覚えるのだった。

「悪い、なんかへんな話になっちまったな。誤解するなよ、雅彦。俺、別におまえを責めてるんじゃないんだ。もともと人の過去になんか興味ないしさ。ただ……そのこと知ってたら、一昨日のおまえの話、もう少し真面目に聞いてやったかもしれないぜ。お、出発だ」

ゴォーとすべり出した機体が、瞬間フワッと上昇する。エンジン音に混じり、ワッとはしゃぐ子どもの声。それらを聞くともなしに聞きながら、雅彦は、そっと武をさぐり見た。

初めて会った頃は、無口でなかなか打ち解けようとしなかった武……。そんな彼を、雅彦は、子どもなりの気遣いと持ち前のおおらかさで、辛抱強くリードした。

それがいつからだろう。気がつくと、武はすっかりたくましくなり、今ではリードされているのは、むしろ自分の方だ……。

「雅彦、下見てみろよ」

いつの間にか、機体が、雲のじゅうたんの上にぽかっと浮上している。飛行機の旅は、一種不思議の国を通過するような味わいがある。

「なあなあ、新しい曲のモチーフが浮かんだぞ。雅彦、ちょっと書きとって」

武が小声で口ずさんだメロディーを、雅彦は、搭乗券の空いているところに急いでメモした。

(全く、武にはかなわない……)

羽田を発って約一時間。飛行機は、津軽海峡にさしかかった。

「ウオー、きれいだなあ」

武が、歓声を上げる。遥か下のコバルトの海に、下北半島の海岸線がくっきりと浮かび、えも言われぬ美しさをかもし出している。

あまりの美しさに胸が痛む。小さなわだかまりなど、ほろりと溶け落ちるようだった。

札幌から函館本線に乗って一時間ちょっと。日本海に突き出た、積丹《しゃこたん》半島の付け根に位置するY町は、広大な北海道の中でも、わりあい気候の温暖な土地である。伯母の家は、駅からさらにバスに乗り継ぎ、五十分ほどのところだ。

　冒険的な海の青と、牧歌的な平原の緑の見事なコントラスト。その中に、小さなワイン工場や、赤いとんがり屋根のチーズのお城などが、童話からぬけ出たように建っている。

「この景色見ただけでも、来たかいがあったよ。ワ、今通ったの、キタキツネじゃないか？」

　バスの中で、武がはしゃいだ。伯母の家の近くの停留所に着いたのは、一時をまわった頃。バスを降りた二人は、大パノラマの中に、ポンと投じられたような気分になった。

「ウーン、さすがに空気がうまい！　それにしても、腹がへったなあ」

「もうすぐだから。ほら、あそこに大きな桜の木が見えるだろ。奥の煙突のある建物が、伯母さん家だ。行こ！」

　雅彦は、もう走りだして行く。

「待てよ雅彦。俺、もうエネルギーがつきて……」

「頑張れ。伯母さん家の料理は最高だぞ」

　息をはずませながら戸を叩くと、伯母が飛んで迎え出た。

「まあ、雅彦！　武さんも、よく来てくれたわねえ！」

「こんにちは、伯母さん。突然おじゃまして……」

「あらあら、そんな他人行儀な。さ、入ってちょうだい。ほら、武さんも」

「は、はあ……はじめまして、お世話になります」

柄にもなく照れている武を、伯母はまるで昔からの知り合いのように引っ張り入れた。九年前のイメージそのままの伯母の晴やかな笑顔。雅彦は、一時さくらのことも忘れ、昔に戻ったような錯覚を起こした。伯母が、つくづくと二人を見上げて言う。

「あなたたち大きいのねえ。雅彦なんか、この前来たときはこんなだったのにね」

てのひらで、ドアノブの高さほどを示した伯母に、雅彦は笑った。

「あれはまだ小三だったもの。今はもうすっかり大人です」

「すっかり？　二人合わせても一人前未満とか伺ってますけどね」

「えー、誰ですか？　そんなこと言ったのは」

「あなたがたの先生」

伯母はほがらかに言って、二人に椅子をすすめた。

「さ、どうぞすわっててちょうだい。すぐお昼にしますからね」

「ヤッター！　僕たち、ハラペコで死にそうなんです」

荷物を置いた雅彦は、ぐるりと部屋を見回した。

「なつかしいなあ……みんな昔のままだ」

広々と明るい部屋には、大きな暖炉を背に、楕円形のがっしりとした樫の木のテーブルが主のように据えられている。東側の出窓には、雅彦の好きな三角形のステンドグラスのランプ。伯父と雅彦の苦心の合作『まがって上れなかった踏台』までが、そのまま大事に置かれていた。

　奥の壁ぎわには、古いアップライトピアノが一台。ふと目をやった武は、ピアニストを目指した人のものにしては、ずいぶんつつましい品だと、不思議に思った。

「武さん、先生のお身体の具合はどうなの？　この間カゼで寝込まれたそうだけど」

　ミルク壷を持ってきた伯母がたずねる。

「あ、はい。おかげさまで、すっかり元気です。小母さんにくれぐれもよろしくって」

「そう。先生もお年だから、あまり無理をなさらないようにしなくちゃね。さ、若いあなたがたは、これを飲んで生き返ってちょうだい」

　伯母がカップに注いでくれたミルクを、二人は飛びつくように、ごくごくと飲み干した。ひんやりとした喉ごしに、新鮮な牛乳の甘味とこくがさわやかな余韻を引く。

「うまい！　スーパーで売ってるやつとは、ぜんぜん味が違うなあ」

　目をまるくした武に、伯母が、でしょう？　とほほえむ。

「雅彦は、小さい頃、必ずおかわりしたものよ。さ、お好きなだけ召し上がってね」

　テーブルの上には、自家製のバターやチーズ、手作りのハムやジャム、香ばしい色に焼き上がった山形パン、大皿に盛ったじゃがいも料理やサラダなどが、所狭しと並べられる。

　二人は、旺盛な食欲にまかせて、次々に手をのばした。

「このパン、とうもろこしがどっさり入ってるなあ」

「それはさくらが作ったのよ。あなたたちが来るというので、あの子大張り切りしてね」

さくらの名前が出たので、雅彦は、急にそわそわした。

「あのう……さくらは？」

「おやつを届けに『ＧＧ』に行ってるの。夕方には戻るわ」

「ＧＧ？」

武が首をかしげる。伯母が笑って説明した。

「うちのホームの名前なの。『Green Grass《緑の草》』なのだけど、省略されてしまってね」

「へえ変わってるなあ。ふつう施設っていうと『恵の家』とか『愛児園』とかつけるのに」

「主人が、そういう、いかにもっていう感じは嫌いだと言うのよ」

「ふうん……、『Green Grass』で『ＧＧ』か……」

武は気に入ったように反復した。雅彦が、パンをほおばりつつ言う。

「武、食べたらちょっとのぞきに行ってみないか。伯母さん、いいでしょう？」

「どうぞどうぞ。雅彦が知ってる子は、みんな卒園しちゃったけれど、建物は昔のままよ」

「宅配便でーす！」

と、戸口を叩く音がした。伯母が立って行くと、武が肘でつっつく。

「せっかちだなあ、おまえは。さくらちゃん夕方には帰って来るんだろ」

「べ、べつに、さくらに会いに行くわけじゃないよ。ＧＧがどうなってるかなあと思って」

「昔のままだって、今、小母さんが言ったじゃん」

ム……とつまったところに、伯母が戻って来た。

「主人からだわ。ときどき向こうの物を送ってくれるのよ」

武の追求をかわした雅彦が、勢い込んでたずねる。

「そういえば、伯父さんは今、アラスカでしたよね？」

「そうなのよ。犬ゾリの話を書くとかで、ハスキー犬に夢中になってるらしいわ」

最近は冒険小説で活躍中の伯父は、時々取材のために、世界各地に飛んで行くという。

「早く帰ってくれるといいのだけど……あなたたちも来てるし、さくらの進学のことも相談しなくちゃならないし……」

「進学？　だって、さくらはまだ二年生でしょう？」

「ええ。でも、そろそろその気になって、準備しておかないとね」

「へえ、こっちも、そんなに競争が厳しいんですか？」

「そういうわけでは……さくらは、成績もいい方だし、公立なら心配はないのだけど……」

「ということは、私立を狙ってるんですか？」

雅彦はじゃがいもをパクッと口に入れた。

「ええ、まあ……。本当は、もっとちゃんと決めてからお話するつもりだったのだけどね。実は、わたしたちはさくらを、あなたたちと同じT音付属にと思っているのよ」

グッ……、雅彦は、飲みこみかけたじゃがいもを、喉につまらせた。

「お、伯母さん？　ゴホン……それじゃ、ゴホッ。さくらを、東京に出すつもりですか？」

「さくらがいなくなると、わたしたちは淋しくなるけれど、あの子のピアノの腕をのばすためには、そうした方がいいと思うのよ」

「でも……あのう、僕が言うのも何ですけど、今、うちの学校はかなりの狭き門ですよ。特に高等部は、下からのもち上がり組が多いし……な、武？」

「そうだなあ。勉強はともかく、実技のレベルが年々上がってきてるって、うちの先生も言ってたから……」

「それは大丈夫だと思うわ」

と、伯母は自信ありげに言った。

「まだ一年以上あるし、今から頑張れば何とかなると思うの。ただ、肝心のさくらがどうしてもその気になってくれなくて……。あ、ねえ、あなたたちからも、勧めてみてくださらない？　現役のあなた方の話を聞けば、さくらの気持ちも動くかもしれないわ、ね！」

「はあ……」

伯母が、あまり熱心に頼むので、二人は仕方なくうなずいた。

四　さくら

「あの伯母さんが、あんな教育ママみたいなことを言いだすなんて、信じられないなあ」

『GG』への道すがら、雅彦は、まいったように笑った。

「いきなりT音付属を受けろだなんて、ちょっとムチャだよな」

「けど、小母さんが勧めるんだから、さくらちゃん、相当弾けるんじゃないのか？」

「まあピアニスト志望だった伯母さんが教えたから、普通よりはうまいかもしれないけど」

「先生にきいたけど、小母さんは昔、T音の研究科でだんトツだったんだって？」

「そうらしいな。伯父さんと会わなかったらそのままピアニストになってたはずだって」

「ふうん……名声より恋をとったってわけか。なかなかの情熱家なんだ」

「その伯母さんが、さくらのことになると、なんでああなっちゃうんだ？」

「親の期待ほど重いものはない、って言うじゃん。それだけさくらちゃんが、本当の娘になってるってことだよ」

『GG』までは、伯母の家から三十分ほどの道のりだ。

のどかな田園風景の中をブラブラ歩いて行くと、ひとかたまりの白樺の木立をすかして、ゆるやかな傾斜の濃い緑色の屋根が見えてくる。淡いクリーム色の二階建ての建物は、窓の白い枠がくっきりと目立ち、ペンキを塗りかえたばかりのようだ。

武が、おもしろそうに見まわした。

「へーえ。遊園地の何とかハウスみたいだな。ここには、何人ぐらい住んでるんだ?」

「保育士さんが二人と栄養士さんが一人、あとは保健師さんと……子どもたちの定員は二十人って言ってたかな」

「たったそれだけ?」

「ここって、もとは伯父さんと伯母さんだけではじめた施設だから。今は保育士さんたちに任せて手は楽になったみたいだけど、経済的にはほとんどボランティアだそうでさ」

「そっか……二十人分の生活費と保育士さんたちの給料だけでも、バカになんないもんな」

庭に入ると、薄紫のラベンダーの花壇に、『WELCOME TO GREEN GRASS』と、シャレた木製の札が立っている。その横の『GGホール』と書かれた建物に近づいたとき、ふいに入口が開き、小さな男の子が駆け出して来た。あぶなくよけたところに、

「こら、外に出たらルール違反よ!」

と、今度は少し年長の女の子が、鉄砲玉のように飛び出してきた。

かわす暇もない。武とその女の子は、ドシン! と、思い切り正面衝突してしまった。

「キャッ！」

反動ではねとばされかけた女の子を、武がとっさにつかまえる。

「ご、ごめんなさい。あたしたちオニごっこやっていて……あの、大丈夫ですか？」

あわてて身を離した女の子は、赤くなって謝った。おさげ髪をゆらして、一生懸命頭を下げる様子がかわいらしい。武が、ぶつかられた胸をさすりながら苦笑した。

「俺は大丈夫だけど……、しかし、ここの子たちはすげえ元気だな。なあ雅彦」

とたんに、彼女の顔がパッと上がった。そして、くるりと雅彦の方を振り向いたかと思うと、だしぬけに叫んだ。

「おにいちゃんなのね！」

お、おにいちゃん……だって？　面食らった雅彦に、武がたずねる。

「知ってる子か？」

「い、いや……僕が知ってる子は、みんな卒園したはずだけど……」

誰だっけ……？　記憶をかきあつめる雅彦に、彼女は、あふれんばかりの元気で言った。

「はじめまして！　あたし、さくらです」

「さ……？」

一瞬、雅彦は、信じられないように少女を見つめた。さくらって……この子が？　まさか……でも、彼女は今確かにそう言った……。武が横からつつく。

「え？　あ、ああ、やあ、それじゃ、きみがさくらか……」

雅彦はひどく拍子抜けしてしまった。彼は、さくらのあの写真と境遇から、どことなく淋しげな、おとなしい少女を想像してきたのだ。

それが、今目の前にいるさくらはどうだろう……。初対面の雅彦を、屈託なくおにいちゃんと呼び、はつらつとして、まるで真夏の日ざしそのもののようだ。

ぼんやりしている雅彦をフォローするように、武が挨拶する。

「はじめまして、さくらちゃん」

「こんにちは！」

と、ほがらかに返したさくらは、それから少しすねたように言った。

「あたし、ほんとは、武さんのこと恨んでたんですよ。あたしが、今の家に来たばかりの頃……、あ、あのう……あたしのことはご存知ですよね？」

「あ？　ああ……」

武は、ハハ……と、頭に手をやった。

「ま、俺も親戚の世話になってる身だし、なんか、親しみ感じちゃったりして……」

さくらは、ホッと、うれしそうにほほえんだ。

「あたしが、まだ友達もいなくて寂しがっていたときに母が言ったの。夏休みになると、雅彦っていう従兄弟のおにいちゃんが来るのよって。あたし、とっても楽しみにしてたんです。なのに、おにいちゃんはちっとも来なくて、来るのは武さんのこと書いた手紙ばかり。だからあたし、おにいちゃんは、武さんと遊ぶのが忙しくて来られないんだわって」

「まっさかぁ」

武が笑う。

確かにそれもあったかもしれない。でも、雅彦が、パタと北海道に足をむけなくなった一番の理由は、さくらが来たことで、なんとなく、遠慮の気持ちが生じたためだったのだ。

「一昨日、おにいちゃんから電話があったときは、母と大騒ぎしちゃったわ。あ、家の方には寄ってこられたんでしょう?」

「うん。さくらちゃんのとうもろこしパン、うまかったよ。な、雅彦」

さくらは、キャッと喜んだ。

「あたし、パンは得意なの。気合いを入れて、生地を思い切り打ちつけるのがコツなのよ」

雅彦は、頭がくらくらしそうだった。気合いを入れて思い切り打ちつける、とはまあ……、物悲しげな幻影の少女のイメージなど、こっぱみじんである。

「さくらおねえちゃん、鬼ごっこは?」

さっきの男の子が、さくらをひっぱる。

「あ、ごめんごめん。あのね、みんなに、おねえちゃんの、従兄弟のおにいちゃんたちが来てる、って言ってきて」

「うん。おーい、さくらおねえちゃんの、えーと……イトコンがきたぞー」

男の子がホールに走り込んで行くと、たちまち、窓からいくつもの顔がのぞく。

保育士さんたちが、にこやかに戸口に迎え出た。

「ようこそ。おうわさはいつも……さあ、どうぞお上がり下さい」

あまりまともに歓迎されると照れくさい。雅彦たちは、恐縮して中に入った。

ゆったりとした板の間のホールは、よく手入れが行き届き、明るくすっきりとして気持ちがよい。前方には、古いがたいそう立派なグランドピアノが、どっしり置かれている。

「雅彦、ここには、すごいピアノがあるんだな」

「あれは伯母さんのなんだ。家の方は、伯父さんが持ってたピアノで充分だからって」

「そっか、どうりでな」

武は、さっき家で見た小さなピアノに、納得がいった。

「さくらおねえちゃん、お客様だからはやくピアノひいて！」

「おにいちゃんたちに聴かせてあげようよ」

子どもたちがワイワイ催促する。

「いいのいいの。今日はピアノはナシよ」

と、さくらはあわてぎみに言った。

「あのね、このおにいちゃんたちは、お客様ってわけじゃないし……それにね、二人ともあたしなんかより、ずっとピアノが上手なの。だから……」

「えー、ウソだあ。おねえちゃんのほうが、ぜったいうまいもん」

さっきの男の子が、口をとがらせ、そーだそーだと、他の子たちも騒ぎだす。

さくらは申し訳なさそうに、雅彦たちの方を向いた。

「ごめんなさい。この子たち、あたしが弾いたピアノしか聴いたことがないから……」

「いいじゃない。さくらちゃんのピアノ、俺たちも聴いてみたいよ。なあ、雅彦」

「そうだな、せっかくだから」

雅彦は、たいして期待もせずに言った。

「そんな、おにいちゃんたちに聴かれるなんて、はずかしいわ」

さくらは困ったようにモジモジしたが、「じゃあ、一曲だけ」と、ピアノの前に行った。

男の子は、さくらのことが自慢でたまらないらしい。

雅彦たちを、鍵盤がよく見えるところに引っ張ってくると、曲もリクエストした。

「おねえちゃん、あのきれいなの弾いて。シュー……シューベントーの、アム……アムプー……」

みんながドッと笑う。赤くなった男の子に、さくらは、にっこりとOKサインを出した。

「シューベルトのアムプロムプチュね。じゃ作品90の2を」

さくらは静かに鍵盤に手をのせた。

最初のフレーズが流れだす……次の瞬間、雅彦たちは、えっと身を乗り出していた。なんという澄んだ音色だろう。さくらの指は驚くほどしなやかで、まるで露の玉をころがすように美しく透明な音を、無理なくはじき出してゆく。

雅彦たちは、引き込まれるように、じいっと演奏に聴き入った。

曲が短調の中間部に入る。さくらは、先ほどまでとは一転した深遠な面持ちで、力強くそして詩情豊かに曲を歌わせる。一時、あの写真の横顔がよみがえったかのようだ。

やがてテーマに戻り、キラキラとした輝きをこぼしながら、曲がフィナーレを迎えると、子どもたちが一斉に拍手をした。

ハッと現実に返った雅彦は、ほうっと息をついた。横では、武が興奮しきっている。

「こりゃあすごいぜ、雅彦。小母さんが言ってたのは、本当だったんだ！」

「ね、さくらおねえちゃん、とってもじょうずでしょ？」

あの男の子が、得意満面で寄ってくる。武は、心から言った。

「うん！　きみたちのおねえちゃんは最高だよ。いまにきっと有名なピアニストになるぞ」

子どもたちの間から、またワッと拍手が起きた。

五　さくらの言い分

『GG』からの帰り道、雅彦たちは、さくらの案内で、海岸通りをまわった。

「しかし驚いたなあ。さくらちゃんがあんなに弾けるなんて、正直思ってなかったよ」

武はまだ興奮さめやらずといった感じだ。

「もう、いつまでもからかわないで下さい。武さんがあんなこと言うから、子どもたちが本気にしちゃって、あたし困るわ」

「困ることないよ。俺は、本当のことを言ったんだからさ」

雅彦は、ちょうどいい機会だと切りだしてみた。

「なあ、さくら。あれだけ弾けるなら試験だってこわくないよ。思い切って受けてみたら？」

「試験？」

けげんそうに振り向いたさくらは、あ……という顔をした。

「おにいちゃんたち、母に頼まれたんでしょ。T音付属を受けるように勧めてって……道理で、たくさんお世辞を言って下さると思ったわ」

「そうじゃないよ、さくらちゃん」

と、武が、話を引き受ける。

「たしかに小母さんにも頼まれたけどさ。俺たちは、さっきのピアノを聴いて本当に才能あると思ったから言ってるんだぜ。T音付属で腕を磨いたら、将来絶対に成功できるよ」

「ありがとうございます」

さくらは、いくらかぎこちなく言った。

「でも……、あたしピアニストにはなりたくないんです」

「どうして？　ピアノ嫌いじゃないんだろ？」

「もちろん大好きだわ。大好きだから……」

さくらが言いかけたときだ。

「さくらさん！」

防波堤の方から、ふいに大きな声がとんできた。ふりむくと、ステッキを持ったひょろ長い中年の男の人がこちらにやってくる。さくらが、まゆをひそめた。

「ナマズだわ。あたし、あの人嫌いなの」

「ナマズ？」

首をかしげたところに、本当にナマズのような口ヒゲをはやした彼は、息をきらして到着し、雅彦たちを、とがめるようにジロリと眺めた。

「君たち、こんなところで、何をしてるんですか！」

さくらがムッとして答える。

「東京から来た従兄弟を、案内しているんです。いけませんか」

「は？　従兄弟？　東京から……というと、あのピアニストの息子さんだという？」

ナマズ氏の表情が急にやわらいだ。

「そうですか、君のことは、さくらさんのお母さんから伺ってますよ。わたしも東京にいた時分は、お父上の演奏会に何度か行きましてねえ。いやあ、御子息もなかなか御立派だ」

そう言ってナマズ氏は、武の肩をポンポンと叩いた。

さくらが、にこりともせずに言う。

「そちらは、従兄弟のお友達ですけど」

「え？　そ、そうなんですか？　こりゃ失礼。いや……なんとなくあなたの方が、さくらさんに似てる気がしたから……」

しどろもどろになったナマズ氏は、間が悪そうに、ハンカチでごしごし額を拭いた。

さくらが、多少イラ立ちぎみにたずねる。

「ところで、何か御用ですか？」

「おやこれはご挨拶だ。さくらさん、女の子はもっと優しい口のきき方をしないとね」

ナマズ氏は、お説教でもするように言うと、改めて雅彦の方を向いた。

「わたしの知人の音楽評論家が、お父上の演奏を高く評価しておりましたよ。君もがんばって、立派なピアニストになって下さいよ。では、さくらさん、わたしはこれで……」

気取ったおじぎをしたナマズ氏は、口笛でカルメンなど吹きながら悠然と去って行った。

「なんだ？　ありゃあ」

武が、へきえきとしている。

「あの人、町の大きなマンションのオーナーなの。おととし東京から来てね。向こうの家を売ったお金で、このへんの土地をあちこち買い占めたのよ」

「はーん、土地成金が移住してきたってわけか。けど、ずいぶん偉そうな口きくなあ」

「もとは学校の先生だったんですって。二言目には東京、東京って、音楽や芸術のことなんか、すごい知ったかぶりするのよ」

「どーせ安っぽいメッキ野郎だよ。コンサートに行ってるなら、なんで、オヤジさんそっくりの雅彦と俺をとっちがえるんだ？　へたな言い訳しちゃってさ」

アハハ……と、雅彦が笑う。

「武とさくらが似てる、はケッサクだったな。でもさ、うちの父は、身体がガッチリしてるから、遠目だと、確かに武に似て見えるかもしれないな」

「それにしたって……、さくらちゃん、もうあんなやつ、無視してやればいいのに」

「そうもいかないの」

と、さくらはため息をもらした。

「あの人ね、『GG』に定期的にたくさんの寄付を出してくれてるのよ。ほんとは、あたしも、もっと感謝しなければならないんだけど……」

「チェッ、金持ちの余裕だよな。善意も贅沢もごっちゃまぜなんだから」

「だからね、あたしいやなの。クラシック・コンサートって、結局あの人みたいに、お金と暇を持てあましている人が来るわけでしょ。高いチケットを、あめでも買うみたいにポンポン手に入れて、まことしやかな批評家顔して……」

「さくら、それはちょっと極論すぎないか？　コンサートに来るのが、みんなそういう人ばかりとは限らないだろ。本当に音楽が好きで聴きに来る人だって、大勢いるんだし」

「そうかしら」

さくらは反発的に顔を上げた。

「それに、本当に好きでも行けない人もいっぱいいるわ。『GG』の子だって……ほら、さっきあたしにリクエストした子がいたでしょ？　あの子なんか音楽が好きで好きでたまらないのよ。でも、あの子にとって、何千円も何万円もするコンサートに行くなんて夢のまた夢。あたしは、自分のピアノをそんな雲の上の高級なおもちゃにしたくないの。ナマズみたいな人に聴かせるぐらいなら、『GG』の子どもたちと一緒にできる音楽をしたいわ」

雅彦は、とっさに反論できなかった。結論はどうあれ、四つも年下でありながら、自分の考えをこんなふうにきちんと話せるさくらに、ちょっと驚いたのだ。

「ごめんなさい。あたし、ついムキになって……あ、ねえ見て」

さくらが、気分を変えるように岩場の方を指さした。

濃紺の日本海をバックに、銀色に光るカモメの群れが、チイチイ鳴きながら波間に降ってきたかと思うと、またいっせいにサーッと舞い上がって行く。

「きれいでしょう？　あたし、ここではじめてカモメを見たとき、カモメって波の子どもみたいだなあ、って思ったのよ……。ほら、絵に描くときも似てるでしょ」

さくらは、人差し指で宙に、頭が傾いたとんがり山を描いてみせた。

「なるほど」

と、笑った武が、ふとしんみりとつぶやく。

「カモメたちは、波から引き離された自分の身を、懸命に戻そうとしてるのかもしれないな……波に追い払われても追い払われても、あきらめないでさ」

さくらの目がパッと輝いた。

「そう！　そうなの。あたしも、夢で自分がカモメになったときって、そんな感じよ」

雅彦は、二人はいったい何を言っているんだろう……？　と思った。

あのカモメたちは、ハラをすかせて魚を捕りに来てるだけじゃないか……。

「なあ、さくらちゃん……」

武が、考えながら言う。

「さっきの話だけどさ。きみの気持ちはよくわかる。でも、それなら、きみがピアニストになって、あちこちの施設をまわるってことも、できるんじゃない？」

「そうね、でも……」

さくらは、やさしく首を振った。

「それは、武さんやおにいちゃんが、ぜひやってみて下さい。あたしは……母みたいになりたいの。『GG』のために、心から尽くした母みたいにね」


その夜の夕食の後、さくらが言った。

「あたし、おにいちゃんたちのピアノが聴きたいわ」

紅茶を飲んでいた武は思わずむせ込み、雅彦もあわててしまった。昼間のさくらのピアノがまだ鮮烈に残っている今、自分たちの演奏を聞かれるのは気恥ずかしく思えたのだ。

「雅彦、おまえ先にやれ」

「武こそ先に弾けよ」

譲り合っている二人に伯母が笑う。

「二人とも、試験じゃないのだから、気楽にお弾きなさい。じゃあ、ほら雅彦から」

「あーあ、試験の方がずっと気楽だよな」

仕方なくピアノの前にすわった雅彦は、何を弾こうか迷った結果、ショパンの『黒鍵のエチュード』を選んだ。かなりの難度のものだが、休み前の自由曲の試験で、パーフェクトに近い点数をもらった曲だ。

緊張して弾き終えると、さくらが目をまるくしている。

「おにいちゃんは、ぜんぜん音をはずさないのね。すごいテクニックだわ」

「いや、今日は指ならしもしていないし、あまり調子よくなくて……」

謙遜しつつ、雅彦は、一応さくらを感心させることができた自分にホッとした。

「さあ、次は武さん」

と、伯母に促された武は、弱りきった様子で頭に手をやった。

「困ったなあ。俺、クラシックはほんとにダメなんです。雅彦にもいつも文句言われて」

「文句ばっかり言うのは武の方だろ」

緊張から解放された雅彦は軽い気分で言った。

「この前だって、僕のことを、スイッチ・ポンの自動演奏機だ、なんてバカにしてさ」

「まあ、自動演奏機ですって？　武さんって、おもしろい言い方するのねえ」

コロコロ笑うさくらに、雅彦は少々不満を覚えた。（おもしろい言い方だって……？）が、そんなことはおくびにも出さず、陽気に武の背をたたいた。

「武はお得意の即興でもやれば？　飛行機の中で思いついたモチーフがあっただろ」

「あれかあ……空飛んでるときは、それなりのイメージが湧いたんだけどなあ……」

「何カッコつけてんだよ。ほら、ここに書きとったのがあるから」

雅彦はポケットから搭乗券を取り出した。のぞき込んださくらがモチーフを口ずさむ。

「楽しそうな曲ね。武さん、弾いてみて」

「うーん、しゃあない、やってみるか」

武はやっと腰を上げると、ピアノの前に行った。

低音部からグーッと突き上げるクレッシェンドの音階が、高音部でヒュッと抜ける……。一瞬の静寂の後、ポコポコ……と中音部の雲の波のようなリズムの刻みの上に、モチーフのメロディーが乗ってくる。楽しげな展開をみせた曲は、あの津軽海峡を思わせるロマンティックな部分も挟み込み、最後は高音部のかわいらしい上行のグリッサンドでしめくくられた。

「ワア！　すてきすてき！」

パチパチと手を叩くさくら。

「たった四小節のメロディーから、あっという間に曲ができちゃうなんて、武さんって、ほんとうに天才なのね！」

「そんな……」

と、照れる武に、伯母がにこにこと言った。

「素晴らしいわ、武さん。雅彦からも、あなたの即興の話は聞いていたけど、想像以上ね。そうだわ、あなたのアルバイトのことだけど、ぜひお願いしたいことがあるの」

「ほんとですか？　ありがとうございます。俺、なんでもやりますから」

「そう？　じゃあね、時々さくらのピアノをみてやって下さるかしら？」

「え、えーっ？」

武は、ピアノの椅子を突きとばさんばかりに飛び上がった。

「お、小母さん、冗談でしょう？　俺、そんなことできるわけありませんよ」

「あら、なんでもして下さるんじゃなかったの？」

「それは……でも、それだけはいくら何でも……」

「あたし、うれしいわ。武さんに教えてもらえるなんて夢みたい！」

はしゃぐさくら。雅彦はふと複雑な思いにとらわれた。もちろん伯母は、バイトだから武に頼んだのだ。けれど……もし教えるのが自分でも、さくらはあんなに喜ぶだろうか？

「雅彦、あなたのテクニックは相当なものね。さくらにもコツを教えてやってちょうだい」

伯母に言われ、雅彦はあわてて笑顔をつくった。

誰にでも認められる自分のテクニック。しかし……いや！　伯母もさくらも誉めてくれた、それでいいじゃないか……。雅彦は、一抹のひっかかりを、傲然と横に押しやった。

六　伯母のロマンス

翌日。さくらが『GG』に出かけている間、伯母がたずねた。

「さくらに話してみてくれたかしら？　T音付属のこと」

「はい、だけど、さくらに押し切られちゃいました」

雅彦たちは、昨日のナマズ氏との一件からをくわしく話した。

「そうだったの……。さくらが、あのオーナーさんを嫌っていることは、わかっていたけれど、音楽界《クラシック》をそんなふうに考えていたなんて……」

「あいつ、いえ、あの人は、ずいぶんさくらに干渉的ですね」

雅彦は憤慨気味に言った。

「いくら『GG』に寄付を出してるからって、いちいち……」

「そうじゃないの。あのオーナーさんは、さくらを気に入って下さっているのよ。おととし引っ越しの挨拶にみえたとき、たまたま『GG』で、さくらがピアノを弾いているのをお聴きになってね。ぜひ才能をみがくべきだと、それは熱心におっしゃって……『GG』

への寄付を申し出られたのも、それがきっかけだったのよ」

「へえ……けどそれにしては、お説教くさい口のきき方をしてたけどなあ」

「あの方なりに、一生懸命、さくらを感化して下さっているつもりなのよ。でも、さくらもあれでけっこう頑固だし、あれこれ熱心に言われるほど、わずらわしく思うみたいね。自分の事情も、あの人にだけは言わないでって」

「わかる気がするな。とにかく、ああいう人が、音楽のことをえらそうに言うから、さくらも偏見を持つんだよ」

「それもあるかもしれないけど……たぶん小母さんの影響もあると思うんです」と、武。

「ピアニストの道を捨ててまで、『GG』に尽くした小母さんへの憧れっていうか……、さくらちゃん、小母さんみたいになりたいって言ってましたよ」

「まあ？　あの子ったら、そんなことを？」

伯母はとても驚いたようだった。

「そうだとしたら、さくらは、とんだ思いちがいをしているようね。わたしは、何も『GG』に尽くすために、ピアニストをやめたわけじゃないのよ。実力があったら、たとえ『GG』のことをやりながらでも、演奏活動を続けていたわ」

「え、そうなんですか？」

雅彦は、意外な顔をした。

「伯母さんは、デビュー目前まで行ったたって聞いてたけど……」

「たしかにそこまではね。でも……その時点で、わたしは自分の限界を感じていたの。伸びきったゴムだったのね」

そう言って伯母は、びっくりすることを告白した。

「デビューをひかえたわたしが、北海道に来たのはね……自殺を考えていたからなのよ」

「えっ……」

雅彦たちは、思わず顔を見合わせた。

「うまくいかない練習と周りからのプレッシャーに、疲れて疲れて……先生や応援してくれている人たちの期待に応えなきゃと思うと、ますます自分を追い込んでしまって……」

「へえ、知らなかった……、でも、伯父さんと出会ったのは、そのときだったんでしょう？どうやって知り合ったんですか？」

「まあ、もうよしましょ。そんな古い話」

伯母は笑って話を変えようとしたが、雅彦たちがどうしてもとせがむので、少し気恥ずかしそうに、そのときのことを話してくれた。

約二十五年前。周りの期待から逃げ出すように、北海道にやってきた伯母は、自己嫌悪にさいなまれながら、このY町を歩きまわっていた。死にたいとまで思いつめていた伯母だったが、途中、変わった光景に出会い、ふと足を止めた。

荒れた原っぱの中に、一人の若い男の人と、三人の少年たちがしゃがみこんでいる。

男の人は、少年たちに、トルストイの民話を聞かせているところだった。

『人にはどれだけの土地が必要か』……日の出から日没までに歩けた範囲の土地をやる、という悪魔の誘いにそそのかされた男が、欲張りすぎて、土地を手に入れたと同時に死んでしまったという話だ。一通り話を終えると、男の人は少年たちに言った。

「いいか、いっぺんに大きなことをやろうとして、自分の可能性をそこに縛りつけると、今の話の男のように身を滅ぼすことにもなる。だから、まず身のまわりのことからはじめて、その範囲を広げていく……そうすれば、可能性は無限に広がるものなんだ」

そして彼と少年たちは、いっせいに草むしりをはじめた。みんな、自分の足元から円を描くようにして、それを次第に広げて行く。

しばらくすると、いくつもの円が重なり合うように、かなりの範囲がきれいになっていた。伯母は、魔法でも見る思いで立っていたが、気がつくと、男の人がニコニコと近づいてくる。

「あなたは、さっきからそこにいらっしゃいますね」

「ええ……あのう、これは何の遊びですか？」

「これは遊びではありません。この子たちの居場所を創る約束をしていたんです」

彼の話によると、その子たちは、一週間ほど前、町の施設の生活になじめず、逃げ出そうとしたところを、たまたま通りかかった彼に見つけられたのだという。

「今は一時預かりで僕の家で寝泊りしていますが、ゆくゆくはここに正式に引き取ります」

「ここに……って？」

「これからここに、彼らのような子が生活できるホームを創ります。厳しい規則で縛るのではなく、自分たちの手で生活を創って行くような……」

「まあ……」

伯母は、あっけにとられた。

「あなたは、ずいぶん優雅なかたのようですね。そんなお金がおありになるなら、少しの人数のためにホームを創るより、その分、寄付でもなさったら？」

「たしかに」

と、彼はうなずいた。

「でも、そういうやり方は僕の性に合いません。おっしゃる通り、僕は恵まれた部類の人間です。しかし僕がどんなに頑張っても、福祉全体からみればできるのは所詮小さなことです。それなら何をしてやれるかではなく、何を一緒にできるかを考えて行きたいんです」

不思議な人だ……と、伯母は思った。彼は、福祉というものを非常にシンプルに、かつ大胆に捉えている。伯母は彼に興味を抱いた。

「あなたのご家族は？」

「いません。天涯孤独の気楽な身です」

おおらかに言った彼は、東京の大学を卒業してすぐに、父親が亡くなり、大農場を引き継いだばかりだという。

「農場の三分の二はもう売りました。残りは人に貸します。ホームの資金が必要ですから」

「そうですか……けれど、たとえ建物が出来ても、ホームとしての許可がおりるまでは、審査や手続きなどで、時間がかかるんじゃありませんか？」

「それは覚悟の上です。幸い福祉関係の仕事をしている知り合いがいるので、何かとアドバイスしてくれますし、あせらずじっくりとやるつもりです」

「それじゃ、あの子たちのお世話はどうなさるの？　あなたはホーム創りの方で、忙しくなられるでしょう？」

「みんな自分のことは自分でできますよ」

「そんな……無責任ですわ。まだ正式じゃないにせよ、引き受けてらっしゃる限り、あの子たちの衣食住はあなたの責任じゃありませんか。それを……」

「無責任なのはどっちです」

彼は、少し怒ったようにさえぎった。

「彼らのために何をするわけでもないあなたが、そんなふうに口を出すことの方が、よっぽど無責任でしょう！」

「なんですって」

伯母は思わずキッとなった。

そして、何か言い返そうとしたその瞬間……伯母の心をふっとある考えがかすめたのだ。

（もし、わたしがここに来ることができたら……？）

全く突然のインスピレーションのようなものだった。が、とたんに伯母は、半分死に追いやられていた自分が、トクトクと息を吹き返すのを感じた。伯母は彼に言った。

「何もするわけでもないと、決めつけないで下さい。近いうちに、また必ず参ります」

伯母はすぐに東京に戻ると、驚く周りの人々を必死に説きふせ、約一ヵ月後には、再び彼のもとに来ていた。それから二年後、ホームは見事に出来上がり、『Green Grass《緑の草》』として許可がおりたその日に、伯父と伯母は、三人の少年たちに祝福されながら、本当のホームの親となったのだった。


「……と、まあ、そんなわけなんですよ」

伯母は、ポッと染まったほおを両手で押さえた。雅彦は半分あきれ顔だ。

「伯母さんって無茶だったんだなあ。そんな簡単に決めちゃって後悔しませんでしたか？」

「ちっとも。人間っておかしなものね。つまらないことには、くよくよ時間をかけるくせに、肝心なことを決めるときは、あっという間なんですもの」

「けど、うちの先生がよく小母さんを手放しましたね。期待の生徒だったんでしょう？」

「ええ……、先生には、本当に申し訳なかったと思っているわ。でもね、わたしが方向転換を決めたとき、先生は『よかったね、頑張りなさい』って励まして下さったのよ。たぶん、先生にはわかってらしたのね。わたしが演奏家に向かないことや、練習がどんなに重荷になっているかということが……」

「それなら伯母さん」

雅彦は、納得がいかないようにたずねた。

「自分がそんな思いをしたのに、なぜ、さくらに同じことをさせようとするんですか？」

「同じことじゃないわ」

と、伯母はきっぱり言った。

「わたしとさくらは違うの。わたしはギリギリ練習を重ねた演奏しかできなかったけど、さくらはそうじゃないわ。あの子は弾くのが好きで好きで、弾かずにはいられないのよ」

雅彦は、GGでのさくらの演奏を思い浮かべた。確かにあのピアノは、習い覚えたというより、表現したいことがあふれでてくるようだった……。武が遠慮がちに口をはさむ。

「あのう……俺がこんなこと言うのは、生意気かもしれませんけど……それならなおのこと、まだ、あまり強引に勧めない方がいいんじゃないですか？　さくらちゃんの実力なら、来年になってからでも充分間に合うと思うし……」

「そうねえ、わかったわ……」

伯母は、ため息とともにうなずいた。

「もう少し様子を見てみましょう。わたしが、焦りすぎていたのかもしれないわね」

七　響き合う心

その日の午後。『GG』から戻ったさくらは、張り切ってピアノの前に座った。

先生役の武は恐縮して小さくなっており、ソファで見物を決め込んだ雅彦がおかしそうにからかう。

「なんだよ武、あべこべじゃないか」

「だってさあ……レッスンったって、何したらいいかわかんないじゃん。さくらちゃんには、こっちが教えてもらいたいぐらいだよ」

「武さんったら、冗談ばっかり」

笑いながら、雅彦たちが持ってきた楽譜を何気なく手にとったさくらが、「あ、あたし、この曲大好き！」と薄い一冊に目をとめた。どれどれ？　と見た武が思わず苦笑する。

シューベルトの『幻想曲へ短調』。例のケンカのもとになった連弾曲なのだ。

「そうだわ、はじめにこの曲を、おにいちゃんたちで模範演奏していただけませんか？」

「えー、これを……」

気乗りしない武の声に、さくらは勘違いしたらしい。

「ごめんなさい。武さんたちには簡単すぎるわね」

武は、あわてて手を振った。

「簡単どころか、その曲は俺たちの宿題なんだ。けど、さっぱりうまくいかなくてさあ」

「うまくいかないって、武さんとおにいちゃんが組んでいるのに？」

さくらは信じられないようだ。武が、きまり悪そうに頭をかく。

「俺たちの実力なんて、そんなもんなんだって。あきれただろ？」

「いえ、そんな……。あのう、それなら……ちょっとだけ、あたしの相手をお願いできますか？　あたしも、母に合わせてもらおうと思って、ちょうど練習していたところなの」

「ふうん……、で、さくらちゃんは、どっちのパート？」

「ファーストです」

「ファーストかあ……、反対だったら、雅彦と合わせられたのになあ」

まずいという顔の武に、雅彦がハッパをかける。

「文句言わずに早くやれ。僕も、武のハートのある演奏の見本を聴かせてもらうよ」

「チェッ、こんなときに皮肉言うな」

「お願いします！」

さくらは、もう譜面を立てて待ちかまえている。

「じゃあ一応やってみるけどさ。いやんなったら、途中でやめていいからな」

武は自信なさそうに、さくらの隣りに腰掛けた。

セカンドの低くうねる分散和音に、ファーストの甘いメロディーが、漂うように乗って始まる二十分ほどのファンタジー《幻想曲》は、ときには決然と、またリズミカルに変化しながら、躍動感あふれるフーガへと流れ込んでいく。

雅彦は驚いた。さくらと武の呼吸は、一つのもののようにピッタリで、とてもはじめて合わせたとは思えない。いつの間にかそばに来た伯母も、フキンを握りしめたまま、うっとりと耳を傾けている。最後のハーモニーが消えた……。が、しばらくは、余韻にひたるかのように、誰も動かなかった……。やがて、さくらが感激を込めて言った。

「ありがとうございます！　武さん。こんな素敵な気持ちの連弾は、はじめてだわ」

「あ、いや、こっちこそ……。さくらちゃんの力だよ。俺の音なんて、アラだらけなのに」

「お互いに完璧じゃないからよかったのよ」

と、伯母がほほえむ。

「先生がよくおっしゃっていたの。連弾は人間関係に似ている。単にリズムや拍子がキチンと合っているだけの演奏は、おもしろみがないって……。それぞれに違った個性が、引き立て合ったりカバーし合ったりして、いい演奏が生まれるのよ。そうでしょ、雅彦」

「え……」

雅彦は、少々あわてた。

伯母は、なぜここで、わざわざ自分に同意を求めるのだろう？

『ふん、お得意のノーミス、パーフェクトか……』

いつか皮肉っぽく言った武の言葉が、ちらりと胸をよぎった。


伯母の家に来て一週間が経った。カラリと晴れた、北海道ならではの爽やかな午後。

「今日は、外でお茶にしましょう」

庭から、伯母が呼ぶ声がした。

傘のようにたっぷりと枝を広げた桜の木の下には、伯父が作った丸テーブルと椅子が並べられ、籠に盛られた焼き菓子が、香ばしい香りを漂わせている。

「いいのかなあ、俺。こんなにノンキにしてて」

気にするように言った武に、「いいのよ」と、伯母。

「あなたたちには、さくらの相手をしてもらうのが一番うれしいわ」

さくらが、お茶をのせたお盆を運んで来た。

「はい、ペパーミント・ティー。おにいちゃんが好きだって、お母さんに聞いたから」

「ありがと」

雅彦は、喜んでカップを受け取った。さくらが、自分の好みを意識してくれたことに、思いがけなく気持ちがふくらんだ。横に腰掛けたさくらに、武がたずねる。

「さくらちゃんは、誰の曲がお気に入り？」

「あたし？　そうね……あたしは欲張りだから、どの作曲家の曲もそれぞれに好き」

さくらは、カップに浮かべたミントの葉を揺らしながら笑った。

「お花にたとえると、ベートーヴェンは真紅のバラのようだし、リストは優美なカトレア、モーツァルトは露を宿したパンジーみたいだし……どれが一番って決められないわ」

「花ねえ……」

武はおもしろがった。

「じゃあ、バッハは？」

「カラタチ！」

「メンデルスゾーンは？」

「えーと、雪割草」

「ハイドンは？」

「おじぎ草かしら……」

　さくらは、聞かれるままにどんどん答えていく。

「ショパンはどうだ？」

「湧き出る泉……あら、これはお花じゃなかったわね」

　さくらは笑って、イメージの中の花壇を飛び出した。

「ブラームスはひょうひょうと渡る風の気分だし、シベリウスやグリークは北欧の春の雪解けみたいでしょ。チャイコフスキーには大地の香りが感じられるし……あ、ごめんなさい。あたし、つい調子に乗って……」

　恥ずかしそうに口をつぐんださくらを、武が促す。

「そんなことないって。じゃあさ、シューベルトはどんな感じ？」

「はい、先生」

　と、さくらは、質問を受けた生徒のように、少しおどけて答えた。

「シューベルトは、荒野にみつかる野の花のようだと思います」

　えっ？　雅彦は、手にしたカップを取り落としそうになった。それは武の口癖とあまりにもよく似ているではないか……。『シューベルトの美しさは素朴で夢みる野の花のように……』あのケンカの日も、武はそう言おうとしたのだ。伯母が思い出したように話す。

「さくらはね、小学校のとき、シューベルトについて作文を書いたのよ。『わたしはシューベルトが大好きです。他の作曲家は、王室や貴族の花壇に花を咲かせましたが、シューベルトの音楽はいつも野原に咲く花です。悲しみや苦しみの雨を受けても決してうなだれず、いつも夢を追って歌っている花です』って」

「お母さんたら、そんなの覚えてたの」

さくらは赤くなったが、武は大喜びだ。

「うん！　ほんとにそんな感じだよな」

雅彦は、海岸でのカモメのことを思い浮かべた。あのときも、武とさくらは、こんなふうに同じ感性でわかり合っていたっけ……。なぜか、自分だけが入れない世界……。

もやもやと持ちあがってきた憂うつを押し込めるように、雅彦はグイとお茶を飲んだ。

取り忘れていたミントの葉が、舌先にヒリッとしみた。

八　ナマズ氏あきれる

雅彦の小さな心の揺れを別にすれば、毎日は、穏やかに過ぎていく。

さくらは、一つのことに集中すると、周りを忘れるタチらしい。風呂の水を張っている間、ちょっとだけと読み始めた本に夢中になって、洪水をおこしたり、ピアノを弾いているうちに、オーブンの料理を黒こげにしたり。そんな失敗を時々しては、みんなを笑わせた。

「さくらちゃんは、最初からあんなに明るかったんですか？　つまり……小母さんの家の子になってから……」

あるとき、武が伯母にたずねた。

「そうね、馴染むのはわりあい早かったわね。まだ小さかったし、もとの記憶がないだけに、わたしたちにすがるように頼りきって……それに、ピアノがあったのがよかったのね」

「ピアノ？」

「さくらは、ここに来る前にもピアノを習っていたみたいなの。身体が回復してきたころ、ピアノを見たら、急にニコッとして弾きだしてね。それからどんどん元気になったのよ」

「そうだったんですか」

「でもねえ……さくらのピアノで、最近気になることがあるのよ。ふだんとは別人のように、へんに思いつめたような弾き方をして……」

「あ、それわかります。俺も、さくらちゃんのピアノを聴いていると、時々このへんが痛くなることがあるんです」

武は、胸のあたりをトントンと叩いた。

「やっぱり、大きくなるにつれて、失くした記憶のことが、気になってきたのかしらねえ」

黙って話をきいていた雅彦の心に、ぼやけかけていた幻影の少女のことが、ふいと浮かび上がった。現実の陽気なさくらを見るにつけ、あの少女と結びつけることなどバカバカしく思えてきた。が、肝心の彼女のオリジナルを、まだ一度も聴いていないではないか。

「あのう……伯母さん」

雅彦は、思い切ってたずねてみた。

「さくらのオリジナルはどんな感じですか？」

しかし、伯母は、いいえと首を振る。

「前に作曲をしようとしたとき、ひどい頭痛を起こしてね。それ以来、曲創りはぜんぜん」

「じゃあ、一曲もないんですか……」

雅彦はがっかりした。これで、幻影の少女とさくらを結びつける理由は、完全に消えてしまったわけだ。やはり、あれはただの夢か……。

伯母がお茶を入れかえに立つと、武が、ニヤニヤと言う。

「残念だったな、雅彦。でもいいじゃん。あの夢のおかげで、ここに来れてよかったよ」

そうだな……と、雅彦も思い直した。陽気で愛らしいさくらには、物悲しい影など、ないにこしたことはない。それが確認できただけでも、よかったじゃないか……。

そこに、外で洗濯物を干していたさくらが、バタバタと駆け込んで来た。

「お母さん、またあの人が来たわ」

一同が振り向くと、さくらの後から入ってきたのは、ステッキ片手のナマズ氏である。

「やあ、みなさんおそろいで」

ナマズ氏は、今月分の寄付を届けに来たのだ。伯母がていねいにお礼を言っている間、さくらは、義務でも果たすようにお茶を入れ、どうぞと硬い表情ですすめた。

「こりゃあ、どうも」

ズズ……とお茶をすすったナマズ氏は、さくらに話しかけた。

「どうですか？　東京のぼっちゃんに、いろいろ教えていただいていますか？」

話したくなさそうなさくらを見て、伯母がかわりに答える。

「ええ、ピアノを少しみてもらってますのよ。ね、さくら」

「ほう、それはいいですなあ。さくらさんの従兄弟さんなら腕は確かでしょうからねえ」

「いいえ」

と、さくらは、いくらか挑戦的に言った。

「教えてくれているのは、従兄弟のお友達の方です」

「おや？　それはまたどうして？」

不思議そうな顔をしたナマズ氏は、なぜ、ピアニストの息子である雅彦には教えてもらわないのかと、しつこく追求するので、さくらはすっかりつむじを曲げてしまった。

「あたしが誰に教わろうと、あなたには関係ないでしょ！　武さんは素晴らしい先生だわ。あたし、とっても尊敬しているんです」

興奮したさくらを、伯母がまあまあとなだめる。

「いいんですよ、奥さん」

ナマズ氏は、おうように笑ってみせた。

「子どもの反抗には慣れてますから、いちいち腹を立てたりはしませんよ。しかし……」

知らぬこととはいえ、ナマズ氏はそこで、よけいとしか言いようのない発言をした。

「さくらさんは、お母様とぜんぜん似てらっしゃいませんね。性格もお顔立ちも……」

さくらの顔が、さっと赤くなった。とたんに、ダーン！　というピアノの音。

武が、低音部に思いっきり不協和音をたたきつけたのだ。ナマズ氏が顔をしかめる。

「なんですか、君。そのひどい音は」

「あんたの顔！」

にらみつけるように言った武は、それからテレンテレン、タラリタラリ……と、聴くも不愉快な音をダラダラ続きに流しはじめた。

ナマズ氏は、一瞬青くなったが、いちいち腹を立てないと言った手前、怒るわけにもいかない。バッと立ち上がると、必死に紳士らしい態度を保ちつつ言った。

「いやはや、これでは奥さんも大変だ。ま、何かあったら遠慮なくおっしゃって下さいよ」

すみません……と、何度も頭を下げる伯母に見送られ、ナマズ氏が、ひょろひょろと去って行く。さくらは、キャッと手を打って、武のそばに行った。

「ああ、おもしろかった！　あたし、スッキリしたわ」

「あ……いや、でもなあ……」

いくらか冷静になった武は、後悔するように謝った。

「小母さん、どうもすみませんでした。俺、ついカッとなっちゃって……」

「ほんとうに、しょうのない人たちねえ」

困った顔を作ろうとした伯母が、次の瞬間ぷうっと吹き出す。雅彦もつられたようにクッションに顔を押しつけた。武の弾いた曲が、あまりにもナマズ氏の感じをよく表わしていたので、それぞれに言うことなしだったのだ。

「あの人は、根は決して悪くないのよ」

伯母が、懸命に笑いをひっこめながら弁護する。

「少し口うるさくて、ひけらかしがすぎるところはあるけれどね。だから武さん、今度はもう少しいい音で表現してあげてちょうだい。あれでは、あまりにもピッタリすぎて……」

伯母の言葉に、ドッと笑いがぶり返した。

「今日は『GG』ホールの床磨きなのよ。おやつに、クッキーをどっさり焼いて行くわ」

さくらと伯母は、朝からせっせとお菓子作りに励んでいる。

その横で、雅彦と武は、ピアノの練習に取り組んでいた。雅彦の推薦の課題曲は、早くも順調な仕上がりをみせ、「あなたは試験に関しては何の心配もないわねえ」と、伯母を感心させるほどだった。ところが、連弾となると話は別だ。二人のコンビは、走りだしたかと思うとガタピシ鳴って止まり、やればやるほど歯車がかみ合わなくなって行くようだ。

「武！　また♯《シャープ》が落ちたぞ。気をつけろよ」

「わかったよ。それよりおまえ、今のとこ、なんでそんな淡々と行っちまうんだ？」

「ここは、サラッと流して、次で盛り上げればいいだろ」

「よくない。橋渡しの部分に物言わせなきゃ、不自然になっちまう」

「そんなことないさ。だいたい武は、よけいなとこで勿体ぶるから、ミスするんだよ」

「別に勿体ぶってなんかいないって。もう、一音や二音はずしたぐらいでガタガタ言うな。俺は、おまえみたいな機械じゃないんだ」

「なんだと！」

「ほらほら二人とも。ケンカするならおやめなさい」

伯母はあきれ顔だ。

「あなたたちは、あんなに仲良しなのに、どうして連弾ができないのかしらねえ」

「きっと二人とも上手すぎるのよ」

さくらが、あひるや犬や星などの形の種を天パンに並べながら笑う。けれども、伯母は、いつになく厳しい表情になって言った。

「雅彦。先生が、なぜ今の時期、武さんとの連弾の宿題を出されたかわかる?」

「秋の学園祭のコンサートのためでしょう」

「そういうことじゃなくて、なぜ、あなたに、武さんとの連弾を宿題に出されたかということ。先生は、学校とプライベートは、はっきりけじめをつけるかたよ。単に仲良しだからといって、コンビを組ませたわけではないでしょう?」

「伯母さん、これは武と二人の連弾ですよ。どうして僕だけに、そんなこと言うんですか?」

「違うって、雅彦」

武が、あわてて間に入った。

「小母さんは、何もおまえだけに言ってるわけじゃないよ。すみません、小母さん。俺たち、ちゃんと練習しますから……」

伯母はまだ何か言いたそうだったが、不安気なさくらにひっぱられ、表情をやわらげた。

何かわだかまるものを感じながらも、雅彦は、こう納得しようとした。

伯母は、他人の武には遠慮があって、こちらにターゲットを向けたにちがいない。第一、曲が進まないのは、ミスしがちな武の方に原因があるのだから……。

午後になると、雅彦たちは、雑巾を手に『GG』ホールの床磨きに加わった。

『GG』伝統の床磨きは、なかなかユニークである。子どもたちがピアノの前に集まると、さくらが、用意！　と手を上げる。息をつめて待つ子どもたち。

「ドーン！」と、さくらが弾き始めた『天国と地獄』の曲に乗って、子どもたちは、ワーッと思い思いのところに駆け出して行った。そして「ストーップ！」の合図とともに、みんなが、ホールのあちこちにピタリと止まる。伯母がニコニコと説明した。

「さあ、今いるところから、どのぐらい大きな丸が描けるか、みんながんばりましょうね」

さくらが、再び軽快な曲を弾き始める。子どもたちは元気に歌いながら、音楽の拍子に合わせて床ふきを開始した。足元から円を描くように、少しずつそれを広げていく。

伯父と初代の『GG』の少年たちの草むしりと同じやり方だ。

「なーんか、ミュージカルみたいだな」

おもしろがった武が、みんなと競って円を描いている。雅彦も、午前中のうっぷんを晴らすかのように、ムキになって雑巾を動かした。

三十分もすると、『GG』の床はピカピカに磨き上げられた。

「あー、おもしろかったあ」

満足気な子どもたちが、後かたづけをすませると、待ちに待ったおやつタイムである。

さくらがクッキーの篭を出すと、みんな大喜びで手をのばした。いつかの男の子が、

「おにいちゃんたち、はい！」

と、持ってくる。

「お、ありがと」

受け取った武に、男の子は真面目な顔つきで聞いた。

「ねえ、さくらおねえちゃんは、いつピアニストになるの？」

いつか武が言ったことを、この子は、しっかり覚えていたのだ。

「そうだなあ……、きみは、さくらおねえちゃんに、ピアニストになってもらいたいの？」

「うん！　だって、おねえちゃんじょうずだもん」

「でも、ピアニストになったら、忙しくてきみたちと遊べなくなっちゃうかもしれないぞ」

「うーん……いい！　ぼく、ピアノひいてるときのおねえちゃんが、いちばんすきだもん」

「そっか」

武はニッコリした。

「じゃあな、そのことをおねえちゃんに言ってごらん。おねえちゃんがピアニストになるには、きみの応援が必要なんだよ」

「ふうん……わかった！」

男の子は、トコトコさくらの方に行くと、早速、そのことを話しているらしい。さくら

は少し戸惑った様子で、チラッとこちらを見たが、知らんぷりを装った武は、男の子にもらったクッキーを、おいしそうにほおばっていた。

九　いらだち

それから二日後。武は、伯母の代わりに隣町まで届けものに出かけた。納屋で伯父のバイクを見つけた武が、免許を持っているから自分が行くと引き受けたのだ。

一人退屈していた雅彦は、伯母の手伝いが一段落したさくらに声をかけた。

「なあ、ちょっと、その辺ブラブラしないか?」

「ワ、うれしい」

さくらが喜んだので、雅彦は張り切った。

「じゃあさ、しばらくぶりで、あそこに行ってみようかな? 昔、伯父さんに連れてってもらった白樺林なんだけど、ここからわりあい近いんだ。丸木橋がかかった川岸が、すごく気持ちよくてさ。あ、さくらも知ってるよな?」

「え、ええ……でも……」

さくらは、なぜか急にためらうように後ずさりした。そして、少し顔をこわばらせると
「あ、あの……あそこは、ちょっと淋しいし……それに、今日は、武さんもいないし……ごめんなさい、あたし、やっぱり家にいるわ」

と、逃げるように奥に引っ込んでしまった。

あ然と見送った雅彦は、ひどくプライドが傷つくのを感じた。あそこはちょっと淋しいし、武もいないし、だって？　まるで、自分と二人っきりになるのが嫌みたいじゃないか。

ドン！　テーブルの足に八つ当たりしたところに、伯母が入ってきた。

「まあ、どうしたの？　雅彦」

「伯母さん」

雅彦は、思わずつっかかった。

「さくらは、よっぽど武のことがお気に入りみたいですね！」

「え？」

戸惑った伯母を押しのけるようにして、雅彦は、二階の部屋に駆け上がった。

かわいいと思っていたさくらが、急に小憎らしく感じられ、やり場のない腹立たしさが胸をうずまいた。

その夜の夕食は、いつになく静かだった。雅彦はむっつり押し黙ったまま、話しかけてもろくに返事もしない。伯母たちが後かたづけをしている間、武はささやいた。

「どうしたんだよ、雅彦。具合でも悪いのか?」

「べつに」

と、雅彦。

「じゃあ、なんで、そんなムスッとしてんだよ?」

「べつに」

「昼間、なんかあったのか?」

「べつに」

「雅彦!　べつにべつにって、おまえ、オウムじゃないんだろ!」

いつもならここで、即反撃が来るはずだ。が、雅彦が何も言い返さないので、武は拍子抜けしてしまった。

「あのう……おにいちゃんたち、コーヒーをどうぞ」

さくらが、そろそろとすすめる。

「あ、どーも。ほら雅彦、さくらちゃんがコーヒー淹《い》れてくれたぞ」

しかし、雅彦は、いらないと手を振る。

キュッと唇をかんで、カップをひっこめるさくらに、武の方があせった。

「さくらちゃん、ごめん。こいつ、今夜は、なんか疲れてるみたいで……」

昼間のことなど何も知らない武だ。台所から伯母が、ピアノを指さして何か合図している。気分転換に何か弾いて、ということらしい。

「よし!」

と、武は、気を引きたてるように言った。

「さくらちゃん、今日はレッスンのかわりに、俺のポンコツ演奏でもお聴かせするよ」

「ほんと?」

さくらの顔が、少し明るくなった。

「武さんが、自分から弾いて下さるなんて、はじめてね」

「そんなことないよ。ほら、この間ナマズが来たとき」

「あ、そうだったわね」

アハハ……と、みんなが思いだし笑いする中、雅彦は、ガタンと立ち上がった。

「わるいけど、僕、先に休みますから」

「おにいちゃん……」

「さくらちゃん、放っておけって」

「でも……」

「いいから。明日になれば元気になるよ」

言いながら、武は内心首をひねった。

不機嫌を表に出して、人に気を遣わせるなんて、今までの雅彦には考えられないことだ。

いったいどうしたっていうんだろう……？　気にはなるが、今にも泣きだしそうなさくらも放っておけず、武は、とにかくピアノの前にすわった。

「さて、何を弾こうかなあ」

そう言って振り向いた武の目が、一瞬、あれっ？　というように、うつむきかげんのさくらの顔に吸いつけられた。が、まさか……と、つぶやいた武は、すぐにくるりとピアノの方に向き直り、自分の頭をコンコンとたたくと、少しの間、じっと鍵盤に目を落とした。

そして、一つ深呼吸すると、何かをふっきるように言った。

「さくらちゃん、今日は、とっておきのモチーフだぞ」

はじめに右手で、ウサギが飛び跳ねるようなかわいらしいメロディーを弾き、次に左手で簡単な伴奏を加える。なんとなく、いつもの武とは変わったムードの曲だ。

リピートして曲がふくらみかける……、と、そのとき、バタバタッとすごい勢いで、階段を駆け降りる音がした。興奮した様子で、部屋に戻ってきた雅彦である。

「それだ、武！　その曲だ！」

「な、なんだ？」

いきなり中断させられ、あっけにとられた武の後ろで、びっくりしたような伯母の声が上がった。

「さくら！　どうしたのっ」

見ると、さくらが頭を押さえて床にうずくまっている。みんなが駆け寄ると、さくらは、大丈夫というように、自分で身を起こしたが、冷や汗をにじませた顔は真っ青だ。

「どうしたの、さくら？　頭が痛いの？」

「ちょっとだけ……でも、もう大丈夫」

さくらは、雅彦たちの方に、無理に笑ってみせた。

「あたし、たまにこうなるのよ。ね、お母さん？」

「そういえば、前に曲を作ろうとしたときも、こんなふうだったわねえ」

「伯母さん、病院には？」

不機嫌など吹っ飛んだ雅彦が、気が気でないようにたずねる。

「ええ、前に検査していただいたけど、お医者様はどこも悪くないっておっしゃるのよ」

「そうですか……ならいいけど……」

「とにかく今日は早く休みましょ。なんだかみんな疲れているみたいだし……。武さん、ごめんなさいね。せっかくピアノを弾いていただいていたのに」

「そんなことはどうでも……それより、さくらちゃん、大丈夫かなあ」

「明日、念のために病院に連れて行くわ。じゃ、わたしたちはお先にね」

伯母に支えられたさくらが、奥に引き上げると、武がガミガミ言った。

「ったくもう、おまえのせいだぞ。さくらちゃん、きっと神経遣いすぎたんだよ」

雅彦は後悔していた。昼間の件など、ごくつまらないことなのだ。それなのに、なぜあんなに腹を立てたりしたのだろう……。雅彦は、ぐったりとソファに身を沈めた。

「なあ、武……、僕はどうしたんだろうな？」

「ん？」

「ここに来てから、どうもおかしいんだ」

「おかしいって？」

「いろんなことに自信がなくなって、なんか自分がイヤになってきてさ……」

「自己嫌悪か？　めずらしいな」

「今日だって、つまらないことで、さくらにあたったりして……」

「何があったんだ？」

「…………」

「ま、言いたくなきゃ、言わなくてもいいけどさ」

「武はいいよな……いつも自信たっぷりで」

「俺が？　まっさかー。俺なんか、しょっちゅう悩んだり落ち込んだりの連続だよ」

「そんなふうには見えないけど」

「見えてても見えなくても、ふつうは誰でもそうなんだ。まあな、おまえみたいに何もかも順調すぎるやつは、そんなこと考える機会もなかったかもしれないけど」

雅彦は、出窓の三角形のステンドグラスのランプの光をじっと見つめた。

はじめて一人でここに泊まった夜、一度だけホームシックにかかったことがあった。そのとき、一晩中このランプの明かりを見て過ごしたあの心細さに、今の気持ちは少し似ている気がする……。

「ほーら、そんな深刻な顔するな。おまえらしくないぞ」

ポン！　と肩をたたいた武が、ふと思い出したように言った。

「そういや、さっきは、おまえ、何をドタバタ騒いでたんだ？」

「え……あっ、そうだ！」

雅彦は、ふいに飛び起きた。

「思い出したんだよ！　ほら、さっき武が弾いてたあの曲」

「あれがどうかしたのか？」

「だから、あの曲だったんだよ。裏山の崖下で聴いたのは」

「はあ……？　おまえ、まーだ、そんなこと言ってんのか？」

「いや、さくらと結びつけるのは、とっくにやめてるよ。武の曲なら、たぶんどっかで聴いてたんだろうし……、けど、あれは何のモチーフだ？　武のフィーリングじゃないよな」

「え……うん……。でもさ、おまえの夢に出てきたっていうのは、きっと別の曲だよ」

「いいや、確かにこれだ。今ならはっきり再現できる、いいか……」

勢い込んでピアノの前に行きかけた雅彦を、武は、あわてて引き留めた。

「こら、静かにしろ。さくらちゃん、具合が悪いんだぞ」

「そっか……、じゃ、口で言うから聴いて」

持ち前の記憶力で、雅彦は、武が弾いた曲を正確に口ずさんでみせた。

「な？」

「ああ、確かに……けど、夢なんてあいまいなもんだし、似た感じの違う曲じゃないのか」

「ちがわない。絶対にこれだ」

「頑固だなあ。そんなはずがないって」

「はずがないって、聴いたのは僕だぞ」

「なら言うけどさ。俺、人前でこのモチーフを使ったのは、はじめてなんだぜ」

「え……？」

雅彦は戸惑った。

「じゃあ、なぜ僕が先に知っていたんだ？」

「だから、ちがう曲だって」

「そうかなあ……」

しばらく考えた雅彦は、いいやと、確信をもって言った。

「やっぱりあの曲だ。たぶん、武がどっかであのモチーフを使って、忘れてるんだよ」

「俺が忘れるだって！」

突然、武は、カッとしたように立ち上がった。

「俺があの曲を忘れるわけがないだろ。たとえ、世の中全部の曲を忘れたってな！」

「武……？」

「あれは……あの曲はさ……、俺の死んだ妹が創ったものなんだ！」

そう言うなり、武は、ダッ！　と、部屋を出て行ってしまった。

雅彦は、ぼう然と立ちつくした。妹……？　死んだ妹だって……？　それでは、武には妹がいたのか……。思いもかけないショックだった。

しばらくして、二階の部屋に行ってみると、武はすでに……ふりだけかもしれないが……眠っている。雅彦は、ベッドの上で悶々と過ごした。これまで、武の家族については、何も聞いたことがなかった……いや、一度だけ、たずねようとしたことはあった。が、そのとき、彼がひどく抵抗を示したので、それ以来雅彦は、はっきりと割り切ったのだ。

昔のことなんかどうでもいい、今の武だけでいいじゃないか……と。思えば、さくらが養女だということを言いそびれてしまったのも、彼と、家族とか親子とかいう話をするのを、避けていたからだったかもしれない。ここに来る飛行機の中で、その均衡が少し揺らいだ。そして今夜もまた……。次に来るものは何だろう？

眠れぬ夜の闇の中で、武の弾いたあの曲が、何度もリピートしていた。

十　武の身の上

翌朝。伯母は、さくらを連れて病院に行った。

武は、一見いつもと変わりなくふるまっていたが、雅彦と二人きりになると、庭に出ようと誘った。みんながちょくちょくお茶の時間を過ごす桜の木の下は、いつでも使えるように、テーブルと椅子が置かれたままになっている。先に腰かけた武は、雅彦にすすめた。

「おまえもすわれよ」

いやに改まったムードだ。何となく気づまりを感じながら、雅彦は武のとなりに掛けた。

少し沈黙があった後、武が口を開いた。

「ゆうべは悪かったな……あれから何度か、起きて話そうと思ったんだけど、なかなか決心がつかなくてさ」

武は何を言うつもりなのだろう……雅彦は多少息苦しい思いで、黙って彼の話を待った。

「俺……おまえに、ずっとウソついていたことがあるんだ……。俺が先生の遠縁だってことさ……それ、ちがうんだ」

「え……？」

「本当は、俺……ほら、おまえも裏山で見たっていう二叉の桜の木があっただろ？……あの下に倒れてたとこを、先生に拾われたんだ」

「……！」

一瞬、ヒヤッとするようなショックが、全身を通りすぎた。

「雅彦にだけは、本当のこと言いたいって思ってたんだけど……、どうしてもできなくて……ごめん」

「ちょ、ちょっと待って、武……」

雅彦はやっとの思いで言った。

なんだか、目の前のパズルが、一気にひっくり返ったような気持ちである。

そのうち、少しずつ、思い当たることがよみがえってきた。武が、教授を「おじさん」ではなく、ずっと「先生」と呼んでいること……、アルバイトをすると言いだしたこと……、あの桜の木の話をしたとき、武が驚いたような反応を見せたこと……、飛行機の中で、武は先生の親戚だからと言った雅彦に「関係ねえだろ」と返したこと……などなど。

「軽蔑するか？　俺のこと……」

「い、いやだなあ、なんで軽蔑なんかするんだよ」

ゆうべからの緊張が破れた今、雅彦は、むしろサバサバと言った。

「武も言ったじゃない。先生の親戚であろうとなかろうと、そんなこと関係ないよ。僕は、いつも今の武だけでいいし、昔のことなんか興味ないって」

「ありがと、雅彦……」

武は頼りない子どもみたいな表情で、ギュッと雅彦の手を握った。

「バカ、そんな顔するな。武らしくないぞ」

「うん……。なあ、ついでに俺の昔話をしてもいいかな？　今、興味ないって言ったけど」

内心、雅彦はためらった。でも、ここで聞くのを拒んだらしこりを残すかもしれない。

「いいよ。昔々、武君というワンパク坊主がいました、ってはじまるわけ？」

「そう。その武君には、会社を経営するお父さんと音楽好きのお母さん、そして四つ年下の、咲紀という……ピアノが上手な……妹がいましたとさ……」

「武？　無理にだったら、話さなくてもいいんだぞ」

「いや、聞いてほしいんだ」

武は一つ深呼吸すると、決心したように淡々と話し始めた。

「俺が小三のとき、父の会社が友人の借金の保証問題で倒産しちまった。それがヤクザ絡みでさ。俺たちは毎日、借金の取立ての怒鳴り声や戸を蹴る音に脅かされるようになって」

武は、息をつくためにちょっと言葉を切り、また続けた。

「ある日、金策に走っていた父が、出かけたまま戻らなかったんだ。捜しまわった母は、占い師まで頼んだりしてさ。一ヵ月して、やっと居場所がわかったんだけど、どこだと思う？」

「さあ……？」

「あそこ」

と、武は空を指さした。

「とっくの前に自殺してたんだ。結局どうにもならないと思ったんだな。自分がいなくなれば取立てもなくなるからって、遺書もみつかってさ」

「…………」

「父の葬式の後、俺たちは、長屋みたいなところに移った。母はとにかく働かなきゃならなかったし……隣がさ、無認可の託児所みたいなところだったんだ。妹がまだ小さかったから、昼間はそこに置いてもらって。けど、そこの家のだんなが、ひどい酒乱でさ。ふだんはおとなしいんだけど、酒を飲むと人が変わっちまうんだな。妹は、そのだんなをすごく恐がって、隣に行くのは嫌だって、俺が学校から帰るまで、一人で家にいるようになって……」

「幼稚園には？」

「そんな余裕はなかったから」

「そっか、ごめん……」

「四年の新学期が始まった日、俺、クラスのやつとケンカして、帰りが遅くなっちゃったんだ。家に入ると妹の姿が見えなくてさ。近所の人が川の方で見かけたっていうんで、行ってみたんだけど、どこにもいなくて……そのうち雨は降り出すし、俺、近所の人にも頼んで、必死に捜した。そうしたら……」

武の声が少しふるえた。

「川岸に、妹の靴と帽子がひっかかっているのが見つかったんだ」

「え……」

「みんな大騒ぎになって、警察も呼んだりして……だけどその晩は大嵐で、堤防が決壊しかけるほどの増水になってさ。とうとう遺体もあがらないまま捜索も打ち切られて……かわいそうにな……あの日、俺がもっと早く帰っていたらって……俺、そのこと考えると、今でも……」

ウ……と、武は、つらそうに頭を抱え込んでしまった。

「武、もういいよ。わかったから、もう話さなくていいから……」

しかし、武は首をふると、何かをグッと飲み込むようにして、再び話に戻った。

「母は過労と妹が死んだショックが、元々弱かった心臓に響いて、一週間後に亡くなった。頼る親戚もなかったし、俺、もうどうしたらいいかわかんなくなってさ。夢中でそこを飛び出したんだ。めちゃくちゃ歩きまわっているうちに、いつのまにかあの裏山に入ってて」

「それであの桜の木のところに?」

「うん……日もすっかり暮れちまうし、くたくたになって、あの桜の木の下にすわり込んだんだ。月に照らされた満開の桜が、やけにきれいでさ……ああ、俺も死ぬのかなと完全にあきらめた。ところが次の日の朝、散歩に来た先生に、偶然見つけられて……」

「そうだったのか……」

「先生は事情を聞くと、俺を自分の家に連れてって、ずっとここに居られるように手続きするから安心しなさいって……。俺、信じられなかったよ。人にそんなに親切にされたのははじめてだったし、相手は有名な音楽院の教授だっていうじゃない」

「あの頃の先生、奥さんが亡くなったばかりで、みんなが心配するほどガックリしてたんだ。でも、武が来たとたん、急に元気になってさ」

「ほんと?」

武は、ふっとうれしそうな笑みを浮かべた。

「先生は、自分はこれからの君とつき合うのだから、前のことは忘れなさいって。みんなには、自分の遠縁の者だと紹介しようと決めたのも、先生なんだ。俺が、いろいろ聞かれるのを避けるためにさ」

「先生らしいな」

「うん……俺、幸せだったよな。あの先生に巡り合って、それから……雅彦みたいな、最高の友だちに出会えてさ」
　少し照れくさそうに言った武は、ようやく解放されたように、ほうっと吐息をついた。
しばらくの間、穏やかな沈黙が続く。サラサラと渡り行く風を見送りながら、雅彦は、
幻影の少女の言葉を、もう一度くっきりと思い浮かべていた。
『あなたは涙を知らないかたなのね……』
武に比べたら、自分の子ども時代は、本当にぬくぬくした温室の中にいたようなものだ。
『あなたのピアノは温室の花です。涙の洗礼を受けていない温室の花は、かぐわしい香り
を放つことはできないのよ……』
　自分は何もしなくとも、あたたかな光を与えられ、かばわれ、咲かせてもらうのが当り
前と思っていた温室の花……。音楽とて、身を飾るための装飾でしかなく、荒野の中でせ
いいっぱい咲きたいと願う花の心になど、気を向けようともしなかった。こんなに、武の
身近にいながら……。
　ふと、あの夢は、少女の姿を借りた武ではなかったかと思う。ふだん口に出せなかった
彼の心の奥の思いが、意識の世界をこえ、あんなかたちで、はたらきかけてきたのではな
いだろうか……?
「なあ、武……」
　雅彦は、落ちつかない気持ちになって、口を開いた。

「武は僕のことを、ずいぶん甘いヤツだと思ってただろうな?」

「ん? なんだよ、急に……」

「武はすごいよ。そんなに苦労をして、頑張ってきてさ。それに比べて、僕なんか……」

「雅彦!」

武が、少し怒ったようにさえぎった。

「おまえ、俺に同情してんのか?」

雅彦は、びっくりして武の方を向いた。

「いや、僕は、そんなつもりじゃ……」

「だったら、つまらない苦労賛美なんか、やめろよな。人間、ただ苦労したからって、立派になるわけじゃないだろ? 俺は俺で、雅彦は雅彦で、一生懸命やってきたんだ。同じことじゃないか」

雅彦は、言葉につまった。

同じことじゃないか……、そう言いきった武の表情に、彼の強さとプライドを感じた。

「ごめん、武……」

「何もあやまることはないさ。おまえ、ちょっと神経質になりすぎだぞ。……さてと!」

武が、気分を切り替えるように立ち上がった。

「練習でもやろうぜ。夏休みも、あと二週間。ぼやぼやしてらんないや」

いつもの調子に戻り、先に家の方へと走り出して行く武。その背中を目で追った雅彦は、ため息とともにつぶやいた。

「やっぱり、武にはかなわない……」

二時間ほどして、すっかり顔色もよくなったさくらが帰って来た。

伯母が、安心したように報告する。

「やっぱり特に悪いところはないいんですって。暑さで疲れが出たのかもしれないわね」

「そっか、よかったな」

二人がほっとする。さくらが元気よく言った。

「ねえ武さん。あたし、きのうの曲を、もう一度聴きたいわ」

「あれか？……いいよ」

雅彦との話の後で、気が楽になった武が、ピアノの蓋《ふた》をあけながら、こう説明する。

「この曲はさ、ずうっと前に、俺の知ってる五歳の女の子が創った曲なんだ」

「まあ、そんなに小さな子が？」

「その子は、三歳から音楽教室に通っていて、ピアニストになるのが夢でさ……もし生きていたら、ちょうど、さくらちゃんぐらいになっていたかな」

「えっ、亡くなったんですか？」

「残念ながらね。今ごろは、天国でコンサートを開いているかもしれないな」

さくらは、ちょっとショックだったように、胸に手をあてた。

「どんなに思いがあっても才能があっても、夢を実現できない人もいるのね……」

「うん。だからさ、できる人はできない人の分も頑張らなきゃな」

「……ええ」

さくらは、心を動かされたようだった。

「武さん、その曲、あたしにも教えて。ぜひ弾いてみたいわ」

「じゃあ、今日のレッスンはこの曲にしよう。俺が一通り弾くからさ。あとは、さくらちゃんが好きにアレンジして」

武は、気軽に弾きだした。

ところが、さくらがまた頭痛に見舞われたのだ。ゆうべと全く同じ症状。

「すみません……ちょっと休んできます」

と、申し訳なさそうに引っ込んでいくさくら。

武が、がっかりしている。

「やだなあ。この曲には、咲紀の霊でもついてるんじゃないか」

「よせよ武。そんなこと言ったら、咲紀ちゃんがかわいそうだよ」

「だってさあ。おまえも、この曲が夢に出てきたとかへんなこと言うし……俺、もうこのモチーフ使うのはやめた」

十一　アクシデント

二日続きの雨の後、その日は北海道にはめずらしく、朝からうだるような暑さとなった。

「くそう、あったまくるな！　音がどんどん逃げていきやがる」

武が、ペンで五線紙をたたいて、苛立っている。

雅彦たちは、創作の課題の譜面書きに取りかかっているのだ。

「なあ雅彦、俺が弾くのを書き取ってくれないか」

「だーめだ。この前それをやって、先生にバレて、しぼられたばかりじゃないか」

「あれはさ、おまえが書いたままを出しちまったから。今度は俺がちゃんと清書するよ」

側を通りかかったさくらが横目でにらむ。

「武先生、そんなずるいことすると、あたし真似しますよ」

「アハッ、これは悪い見本だったたな」

きまり悪そうに頭をかいた武は、そうだ！　と、膝をたたいた。

「な、外でやらないか？　机に向かってるとどうもイメージが暗くなる」

「僕はここでいいよ。今日は外は暑くて」

「ところが、涼しくていいところがあるんだ。この間、小母さんの使いで町に行ったとき、帰りに、ちょっと回り道して見つけたんだけどさ」

武は、とっておきの情報を提供するように言った。

「この近くの白樺林の中に、すっごくきれいな川岸があるんだ。知ってる?」

「あ?　ああ……」

知ってるも何も、この間さくらを誘って、断わられた例の場所である。

「なーんだ、知ってるのか。ま、いいや。あの丸木橋がかかってるあたりなんか、明るくて最高じゃん?　さくらちゃんも行こうよ」

「え……あ、あたしは、いいわ。お勉強のじゃまになると悪いし……」

「勉強ったって、譜面書くだけだし、さくらちゃんなら、邪魔になんかならないよ」

「でも、あたし……『GG』にも行かなくちゃならないし……」

「今日は小母さんが行くって、さっき出かけてったじゃない」

「え?　ええ……そうだけど……」

「何そんなに遠慮してるんだ?　な、雅彦、さくらちゃんも一緒の方がいいよな」

きっとさくらは、この前、同じ場所に誘われて断わったことを気にして、迷っているに違いない……。そう思った雅彦は、明るく言った。

「行こうよ、さくら。今日は武もいるし」

一瞬、さくらは、何か訴えるように雅彦の顔を見た。が、はい……と小さくうなずいた。

じりじり焦がされそうな砂利道から、白樺林の中に入ると、ひんやりとした空気が肌にしみ、まるで別世界のようだ。

「ふうーっ、生き返る気分」

「な、来てよかっただろ？　ここから少し歩くけど、この涼しさならへいきだよな」

武は張り切って先頭に立って歩いて行く。さくらは口数も少なく、多少元気がないように見えたが、二人の後を遅れまいとついて来る。

やがて流れの音が聞こえてきた。滝から落ちた豊かな水が一本の川となって、原生林を分けるように、とうとうと流れている。昨夜までの雨でかさが増えた水は、少し濁っていたが、明るい岸辺は、もうさらっと乾いて、居心地よさそうだ。

三人は、川にかかる丸木橋を前に腰をおろした。

「さてと、とにかくこれを片づけてしまおうぜ。さくらちゃん、ちょっと待っててな」

二人は、しばらくの間、黙って譜面書きに集中していたが、ふと顔を上げた雅彦は、おやっ？　と思った。さくらが、ギュッと目をつぶり、小刻みに身体を震わせている。

「さくら、どうかした？」

「え？」

パッと目をあけるさくら。

「う、ううん……ちょっと考えごとしてたの。どうぞ、あたしにかまわず続けて」

そのとき、向こう岸の林の奥の方で、トトトトトッ……と、たたみかけるような音が、こだました。武が耳をすませる。

「あれは何だろ？」

「キツツキ」

と、さくら。

「へえ。俺、キツツキってのは、コッツンコッツンって感じかと思ってた」

「それじゃ、虫をとる前に、日が暮れちゃうわ」

さくらが笑ったので、雅彦は安心して、また譜面書きに神経を戻した。

キツツキに興味を持った武が、ちょっと向こう岸に見に行ってみると言う。

「さくらちゃんも行く？」

「あ……いえ、あたしはここにいる方が……」

「じゃあ、俺一人で」

「でも、行っても姿は見られないと思うわ。いるとしたらずっと奥の方だし……」

「あの音を、もっと近くで聴くだけ。すぐ戻るから」

「武、怠けてると、それこそ日が暮れちゃうぞ」

声をかけた雅彦は、さくらが、武と行かずに、自分といる方を選んだことに、少し気持ちがはずんだ。

「さくら、僕の方はもうすぐ終わるからな」

「ええ……あのう、おにいちゃん……この間は、ごめんなさい」

「いいんだって。誰でも気が乗らないことはあるさ」

「そうじゃないの、あたし……」

さくらが言いかけたとき、サーッと一陣の風が、武の書きかけの譜面をさらった。

「あっ、たいへん！」

あわてて立ち上がったさくらは、夢中で譜面を追いかけて行くと、丸木橋の上に止まったところで、やっと取り押さえた。

「ああ、よかった……」

ホッとして戻ろうとしたさくら。

だが、ふと自分がどこにいるのかに気がついたとたん、彼女は真っ青になった。

目を射る早い流れ……たちまちバランスをくずしたさくらは、次の瞬間、小さな悲鳴と共に、まっさかさまに流れの中にすいこまれてしまった。

「さくら！」

ただならぬ声に、向こう岸で振り向いた武の目に映ったのは、水しぶきを上げて川に飛び込んで行く雅彦である。事態を察した武は、顔色を変えて川沿いに走った。

雅彦は、流れの間に見えかくれしているさくらの方に、必死に抜き手をきっている。

「雅彦、頑張ってくれ」

祈るような気持ちで見守る武。

近づいては離れ、離れては近づき……、ついに雅彦が、さくらをとらえるのが見えた。

「雅彦、こっちだ！」

武が怒鳴る。

さくらをかかえた雅彦は、何度か流れに押し戻されながら、歯をくいしばって岸に泳ぎ着いた。武が、飛びつくようにして引き上げる。どっと倒れ込んだ雅彦は、激しく息をつきながら、歯をガチガチいわせた。夏とはいえ水は冷たく、唇が紫色になっている。

「雅彦、大丈夫か？」

「あ、ああ……それよりさくらは？」

さくらは、ぐったりと目を閉じたまま反応がない。

「ど、どうしよう……」

おろおろしている二人に、ふいに声がかかった。

「きみたち、何をしてるんです？」

なんと、こんなときにナマズ氏である。

武は、嫌っていたナマズ氏であることも忘れて、すがりついた。

「さくらちゃんが川に落ちたんです！」

「なんだって？」

ナマズ氏は、ステッキを放り出して、そばに走り寄った。

「こりゃいかんな。きみたち何をボヤボヤしてるんだ。早く呼吸の確保をしないと」

「あ、あのどうやって……」

「そんなことも知らんのかね。いい、わたしがやろう」

ナマズ氏は、じれったそうに雅彦たちをわきに押しやると、手慣れた様子で人工呼吸を施し、水を吐かせた。

ウ……と、さくらが少しうめく。

「よし、このまま病院に運ぼう」

「じゃ俺、救急車呼びに……」

行きかけた武を、ナマズ氏が呼び止める。

「待ちなさい。そんなもの呼びに行ったらいつになるか。向こうにわたしの車があるから」

ナマズ氏はさくらを抱えると、よく知っている様子で近道を通り、道ばたに止めてあった車に三人を乗せた。

十二　よみがえった記憶

さくらのかかりつけの病院まで把握していたナマズ氏は、さくらを医者に任せると、伯母を呼びに『GG』へ行った。

「あいつ、思ったよりいい人みたいだな」

応急処置室の前の廊下で、雅彦は、ナマズ氏が貸してくれたトレーニングウエアに着替えながら言った。

「うん……。さすが、学校の先生やってただけのことはあるよな。あいつがいなかったら、俺たち、さくらちゃんを助けられなかったかもしれないもんな」

しばらくすると、血相を変えた伯母が駆け込んで来た。

「さくらは、さくらはどうなの？」

「安心して伯母さん。少し熱があるけど、応急処置が早かったから、大丈夫だそうです」

「まあ、よかった……」

伯母は力が抜けたように、廊下の椅子にすわり込んだ。

「雅彦にも、危ない思いをさせちゃったわねえ……さくらったら、どうして白樺林に行ったりしたのかしら。あの橋のあたりは、特に恐がっていたのに……」

　雅彦はびっくりして聞いた。

「伯母さん？　さくらがあのあたりを恐がっていたって、どういうことですか？」

「わたしにもよくわからないのだけど……、前に主人が、ピクニックがてらあそこに連れて行ったとき、さくらは、あの橋を見てとてもおびえたんですって。もしかして、昔、あのあたりで、何かあったのかもしれないわねえ」

　そうだったのか……、雅彦は、自分の誘いを断わったときの、さくらの表情の意味が、今さらながらわかった気がした。武が後悔しきっている。

「すみません、小母さん。俺が無理に誘ったんです。最初に行かないって言ったのを、遠慮してるんだとばかり思って……かわいそうなことしちゃったな」

　そのとき、処置室の中から、悲鳴に似た声が上がった。

「助けて！　助けて！　おにいちゃん……」

　雅彦たちは、あわてて処置室の中に飛び込んだ。

　興奮して起き上がろうとするさくらを、医者と看護師が懸命になだめている。

「さくら、お母さんよ」

　伯母が呼びかけたが、さくらは「おにいちゃん、おにいちゃん……」と、うわごとのように繰り返している。雅彦は、さくらの手を握って言った。

「さくら、僕はここにいるよ。苦しいのか?」

さくらの目がうっすらと開いた。が、雅彦の顔を見るなり、バッと手を振り払う。

「あなたは誰?　おにいちゃんはどこ?」

雅彦は戸惑った。

「さくら、ほら、雅彦おにいちゃんでしょ?　わかるでしょ」

伯母が懸命に言ったが、さくらは首をふるばかりだ。

「あたし、さくらじゃないもん。あたしは……ああ、頭が痛い!　おにいちゃん、助けて」

「先生!　さくらは、どうしたんでしょう」

すがりついた伯母に、医者は言った。

「川に落ちたショックで、昔の記憶が戻りかけているのかもしれませんね」

「え……」

そのうち、さくらが宙で指を動かしはじめた。医者が静かに話しかける。

「何をしているの?」

「ピ……アノ……」

「そう、どんな曲を弾いてるのかな?」

さくらは、とぎれとぎれにメロディーを口ずさみはじめた。雅彦たちは、あっと思った。

さくらが歌っているのは、例のあのモチーフである。

しかし、さくらは、すぐに頭を押さえ、苦しそうな息づかいになった。

「わからなくなっちゃった……この先がわからないわ……」

「さくらちゃん」

と、武は、思わずさくらの枕元に寄った。

「次はこうだ。いいか……」

武は子守歌でも歌うように、次のメロディーを歌ってきかせた。

二度、三度……繰り返すうちに、さくらが、ふっと気が抜けたようにほほえんだ。

「ちがうわ、また間違えてる。そうじゃないの、そこはソじゃなくてミよ」

一瞬、武はドキッとした顔をした。

「な、なんでそこの音を……」

さくらは、少し眠そうに言った。

「だって……これ、あたしの曲だもん……おにいちゃんが、勝手に変えちゃダメでしょ」

「えっ！」

武の顔から、サッと血の気が引いた。医者が、横から問いかける。

「それは、おにいちゃんがいけないねえ。おにいちゃんの名前は、なんていうのかな？」

「おにいちゃんは……」

「うん、おにいちゃんは？」

「えと……、た……けし……」

武の身体がガクンと揺れた。医者はさらにたずねる。

「お父さんとお母さんの名前も言えるかな」

さくらは、いくらか迷いつつも、正しく父母の名を告げた。

雅彦に支えられた武は、もう声もなく震えている。

「じゃあ、もうひとつだけ。あなたの名前を教えてくれる？」

「あたし？　あたしはね……咲紀っていうの」

にっこりとそう言うと、さくらはスーッと眠りに落ちて行った。くずれるように、その場に座り込んでしまった武……。

「こ、この子は……この子は、俺の妹だ…………」

一同がぼう然とする中、武の顔が、たちまちくしゃくしゃにゆがんだ。

「武……」

雅彦がそっと手を差しだす。その手にしがみついた武の目から、せきをきったように涙がこぼれ落ちた。今まで決して人に涙を見せたことがなかった武……、その彼が、まるで子どもに返ったように、いつまでも大声で泣き続けた。

それから、また何度か混乱したり思い出したりを繰り返したさくらが、ようやくはっきりと自分を取り戻したのは、翌朝、うすもやの中に新しい陽が顔を出す頃だった。

三日間の入院の間、ナマズ氏は、さくらの好きな花や果物などを持って、しげしげと病院に見舞いに訪れた。武とさくらが兄妹であることを知ったナマズ氏は、幾分得意なのだ。

「まあ、さくらさんの事情は知りませんでしたがね。でも、最初にわたしが言ったでしょう？　従兄弟だという君より、そちらの方がさくらさんに似てるって」

「僕なんか、ちっとも気がつかなかったけどなあ。今でもそうは見えないぐらいだもの」

首をふった雅彦に、武が笑う。

「俺たちって、もともと似てない兄妹なんだ。俺は父親似だし、妹は、俺が生まれる前に亡くなった母方の祖母にそっくりだそうで……」

「いやいや、顔立ちはともかく目がね。怒ったときのさくらさんの目は、君そっくりだよ」

多少くせはあるものの、付き合い慣れてくると、雅彦たちは、だんだんナマズ氏に好感を持てるようになった。さくらでさえ、心からの笑顔を見せるようになっている。

武は、いつかの失礼を詫び、今度は感謝を込めて、いい曲を弾きますと約束した。

明日はさくらが退院という夜。伯母と雅彦たちは、しみじみとテーブルを囲んだ。

「それにしても、不思議な巡り合わせだったわねえ」

さくらが思い出したことをつなげると……。

武の新学期が始まった日、咲紀は予定より帰りの遅い兄を迎えに、土手の方へ出かけた。ところが、嵐の前の強風で、かぶっていた帽子が川に飛ばされてしまったのだ。

幸い浅瀬だったので、咲紀は、ぬいだ靴を手に持ったまま、帽子を拾おうと川に入った。折悪しく、そこに通りかかったのが、泥酔状態の隣の主人である。彼をひどく恐れていた咲紀は、とっさに靴を放り出すと土手を駆け上った。そして、見つかるまいとする一心で、ステップをかけて荷物を積み込んでいた長距離トラックの中に隠れたのだ。

隣の主人は、わけのわからないことを怒鳴りながら、いつまでもそのへんをウロウロしている。出るに出られないうち、荷物を積み終わったトラックは、バタン！　と扉を閉め、発車してしまった。時々止まりながら、しかし荷台の扉は開く予定もなく、トラックはどこまでも走り続ける。何時間、いや何日たったのだろう……。疲れと恐怖とでもうろうとなった頃、人の話し声と、流れ込む冷たい風に、咲紀はふと目を覚ました。

荷台の扉があいている！　咲紀は夢中でトラックをはい降りた。とたんに、ぷうんと鼻をつく酒の匂い。トラックは、このY町の酒場近くに停車していたのだ。

酒の匂いは隣の主人を連想させる……。咲紀は、必死にその場からのがれようとした。いつの間にか、あの白樺林に迷い込んだ咲紀の、はだしの足は傷つき、飲まず食わずで車に揺られた身体は、フラフラになっている。そのうち日が暮れ、雨も降り始めた。

「おにいちゃん、助けて……」

泣きながら駆けだした咲紀は、あの丸木橋のところで足をすべらせ、そのまま川に落ちてしまったのだ……。

「そこからここまで、どうやって来たのかは、どうしても思い出せないそうなのよ。たぶん運よく流木にでもひっかかって、岸に打ち上げられたのだと思うけど……」

伯母が、目をうるませながら言った。

「わたしたちが見つけたとき、びしょぬれだったのは、雨のせいだと思っていたの。あの橋から落ちていたなんて、かわいそうに……どんなに恐かったでしょうねえ」

「さくらがあのあたりを恐がったのは、そのことが、どこか心にあったからなんですね」

「ええ。今思えば、作曲しようとしたときや、武さんがあの曲を弾いたときに、きまって頭痛を起こしたのも、昔の潜在意識への反応だったのよ」

「けど、武はのんきな兄キだなあ。さくらが妹に似てるって、全く気がつかなかったのか？」

「だって、あいつ、びっくりするぐらい変わっちゃって……それに、俺は、妹は向こうの川で溺れ死んだものとばかり思い込んでいたしさ。でも、実は一度だけ、あれっ？　と思ったことはあったんだ。ほら、雅彦がむくれて二階に引っ込んじまった夜。あのとき、泣きそうな顔に、どことなく妹の面影を感じて……それであのモチーフを使う気になったんだ」

「ふうん……」

「とにかく、もとはといえば、雅彦のあの夢のおかげだよ。あれって、何かのテレパシーでも働いてたのかなあ……」

「なあに？　雅彦の夢って」

伯母に聞かれた雅彦たちは、今回ここに来ることになったきっかけを、はじめて話した。

「まあ、そんなことがあったの」

伯母は驚き、そして、何か思い当たったように、一冊のアルバムを持ってきた。

「雅彦が裏山で見たっていう桜の木ね、もしかしてこれじゃない？」

伯母が示したページにある古い写真は、だいぶ小ぶりではあるが、確かに、片方がねじれたあの二叉の桜の木だ。

「あー、これ！」

武が思わず叫ぶ。

「この写真、先生のアルバムにあるのと同じだ！　どうしてこれが小母さんのところに？」

「先生がわたしの結婚祝いに、この桜の横に生えていた若木と一緒に送って下さったの。ご実家の裏山のこの二叉の桜は、先生ご夫妻の特にお気に入りの木だとおっしゃってね」

「じゃあ、伯母さん。この庭の桜の木は……」

「その若木が育ったものよ。うまく根付くかどうか心配だったけど、あんな立派になって」

「へえ……」

雅彦が感心するそばで、武がポツリとつぶやいた。

「俺が先生に助けられたのも、その二叉の桜の木の下だったんです……」

「まあ……」

一瞬言葉をのんだ伯母は、写真を大事そうになでて言った。

「さくらは……いえ咲紀ちゃんは、この庭の桜の木にすがるようにして倒れていたのよ。もとは寄り添っていた木たちの魂が、みんなを呼びよせたのかもしれないわねえ……」

十三　夢

夏休みも残すところあと一週間となった。
心身ともに回復したさくらは、朝食の席で、いくらかためらいながら言った。
「お母さん……あたし、お願いがあるの。あたしね、これからも、今まで通りさくらのままでいたいの……ずっと、お父さんとお母さんの娘のさくらでいたいの。だめ？」
「まあ、さくら……、それはもうわたしたちは喜んで……。でも、それでは武さんが……」

「あ、俺はいいんです」

武は、ニコッと手を振った。

「妹が生きてて、こんなに幸せにやってることがわかっただけで充分で……、小母さんたちさえよかったら、咲紀、いえさくらのこと、これからもよろしくお願いします」

「まあ、ありがとう武さん！　ありがとう」

伯母は、大変な喜びようだった。

そんなわけで、さくらのままでいることになったさくらは、昼すぎ、雅彦たちを『GG』へと誘った。

「おにいちゃんが、いっぺんに二人にふえちゃったわ」

さくらは、雅彦と武の前を、はしゃいで歩いて行く。

「でも、信じられないわ。ずんぐりむっくりだった武おにいちゃんが、こんなにステキになっちゃうなんて」

「お互い様。俺だって、あのだんごっ鼻の咲紀が、こんな美人になるとは思わなかったよ」

「あーあ、二人とも、ほめてくれる相手がいて、うらやましいねえ」

からかった雅彦に、「あら、そんな……」と、さくらが振り向く。

「雅彦おにいちゃんだって、武おにいちゃんに負けないくらい……」

意気込んで言いかけたさくらは、ふと言葉を止め、後をウフフ……と流すと、先に走り出して行ってしまった。

『GG』のホールをのぞくと、さくらは、すでに子どもたちに取り囲まれている。

「おねえちゃん、びょうきだったの?」

「ちょっとだけね。でも、もう大丈夫よ。ほら!」

さくらは、両手を上げて元気印をつくってみせた。あの男の子が、念を押すように聞く。

「ピアノもひける?」

「もちろんよ」

「ワーイ、じゃあひいて!」

張り切った男の子に、さくらは「ちょっとまって」と言った。

「今日は、このおにいちゃんたちが、ステキな連弾を聴かせてくれるんですって」

「えーっ?」

雅彦たちは仰天した。

「さくら、俺たちそんなこと聞いてないぜ」

「あら、あたしだって、最初のときはいきなり弾けって言われたのよ。おあいこじゃない。さー、みんな、拍手拍手」

パチパチと、さくらの先導でみんなはもう盛り上がっている。あの男の子がたずねた。

「おねえちゃん、れんだんってなに？」

「一つの曲を、二人で仲良く弾くことよ」

「ふーん」

と、首をかしげた男の子が、雅彦たちのところに寄ってくる。

「おにいちゃんたち、がんばってひきなよ。さくらおねえちゃんみたいに、うまくなくても、ふたりならできるでしょ？」

二人は、思わず吹き出した。

「そういや俺たち、二人合わせて一人前未満だったたっけな」

「よし！　ここは、いっちょ気楽にいこう」

雅彦は、いつになくおおらかな気分でピアノに向かった。このところいろいろあったので、久しぶりの鍵盤の感触だ。イントロの武の音までが、新鮮にきこえる……。そう思いつつ、気軽にメロディーをのせはじめた雅彦は、ハッとした。

いつもは、ミス・タッチや粒の不揃いばかりが気になっていた武の音……。けれど、こうして素直に耳を傾けてみると、なんと優しく豊かな響きを持っているのだろう……！

ショックにも似た驚きが一寸雅彦の指をためらわせた。しまった、タイミングが若干ずれた。と、その隙間をクッションにするかのように、武がふわっとハーモニーをふくらませ、それが予想もしない魅力的な効果を生んだのだ。ドギマギした雅彦に、武がささやく。

「やってくれるじゃん、雅彦」

「え……いや……」

「いいから好きに動かしてみろ。俺が、ちゃんとカバーする」

雅彦は、急に肩の力が抜けるのを感じた。これまで、絶対的な技巧を誇りにしていた自分のピアノ……。だから、あまりに奔放なタッチの武との連弾は、せっかくの自分の演奏を、損なわれるような気がしてならなかった。でも、武と一緒だからこそできることもあるのだ。『連弾は人間関係に似ている』と伯母が言っていたのは、つまりそういうことなのだ。

「雅彦、次のワルツのリード頼んだぞ」

「よし、まかしとき！」

そうだ、武となら、いつも彼と語り合うように弾けばいい。

気取らず、素直に、心のままに……。演奏とは、単に人に聴かせることではなく、音楽する喜びや感動をわかち合うこと……そうなんだ！　無性にうれしさがつきあげた雅彦は、自由なのびやかな気持ちで、音の波に乗り、曲を歌わせた。

余韻を引いて最後の音が消えると、割れるような拍手が起きた。二人の連弾は、大成功だったのだ。

あの男の子が、目をキラキラさせて、雅彦の手に自分の手をのせた。

「ぼく、おにいちゃんたちのピアノ、とってもすきだよ」

これまで、うまいと言われたことは何度もあっても、自分のピアノを好きだと言われたのは、はじめてである。

「ありがとう！」

その子の手を握り返したとき、雅彦の心の中に、ポッとあたたかなものがともった。


帰り道がバラ色に染まっている。

「すばらしかったわ、今日のお兄ちゃんたちの『幻想曲』……」

うっとりとつぶやいたさくらが、くるりと雅彦たちの方を振り向いた。

「ねえ……もし、あたしがピアニストになれたら、レパートリーに連弾も入れてみたいわ」

雅彦たちは、意外そうにさくらを見つめた。

「さくらは、ピアニストにはなりたくないんじゃなかったっけ？」

「ええ……そう思っていたけど……でも、この間、武おにいちゃんが言ったでしょ？　できる人は、できない人の分も頑張らなくちゃって……。あたし、そのことずっと考えていたの。今日、おにいちゃんたちの演奏を聴いてる子どもたちをみて、やっとわかった気がして……」

「わかったって？」

「あたしが好きなことを捨てて、あの子たちと一緒にいても、ただの自己満足だってこと。そんなことしたってあの子たちには、何のプラスにもならないのよね？　それより、あたしが精一杯夢を追いかける方が、あの子たちにとっても、うれしいことなんだなあって」

さくらは、きりっと明るい目を上げて言った。

「あたし頑張るわ。あたしの中には、さくらと咲紀と二人分の夢が詰まっているんだもの！」

「はあ、こりゃ手ごわいな」

雅彦が笑った。

「武の妹が二人分じゃ、こっちもうかうかしてらんないや」

「なーに、さっきの雅彦のピアノなら、ちょっとやそっとじゃ負けないぞ。おまえたち、きっといいライバルになるよ」

「ね、将来、あたしがピアニストになれて、いろんなホームをまわって、コンサートができるようになったら、おにいちゃんたちも手伝ってくれるでしょ？」

「もちろん。なあ、武」

「ああ。そのときは、俺の曲もどんどん弾いてもらうからな。……あ、小母さんだ」

桜の木の下で、伯母が手を振っている。

「おかえりなさい！　いいニュースがあるの。あした主人が帰ってくるんですって」

「小母さん、こっちもいいニュースがあるんです。さくらが……」

「あーん、言っちゃだめ！　あたしが自分で話すんだから」

甘えるように、武の腕に飛びついて行くさくら。

二人の姿を、まぶしく見つめながら、雅彦は思った。

野の花は、ただ野にあるから美しいのではない。いばらの中から、陽に向かって無心にのびようとするその姿が、香り高い美しさを生むのだ。だとしたら……、たとえ温室の花であっても、自らを甘やかさず、せいいっぱい咲こうとすれば、いつか、ガラスの扉をひらくことができるかもしれない。野の花も温室の花も同じ花……、どこに咲くかではなく、それぞれがそれぞれの輝きをめざしたとき、香りは自然に生まれるものなのだ。

暮れなずむ夏色の空の下、ほがらかな影法師が、桜の傘の中に飛び込んで行く。

雅彦は、ふと、桜の木を見上げた。自分たちが生まれるずうっと前から、大地に根をおろしていたあの裏山の二叉の桜とこの桜……。桜の木たちは、人の巡り合わせの不思議を、何もかも知っていたのだろうか……？

けれど桜の木は何も答えず、それぞれの夢に祝福をおくるように、ただサワサワとやさしく枝をゆらしていた。

あとがき

『夏色の幻想曲』をお読み下さいまして、ありがとうございました。

皆様は、音楽とどんなおつき合いをなさっているでしょうか？　楽器を奏でられる方、もっぱら聴くのを楽しまれている方、ご自分で演奏はしないけれど鑑賞の耳はプロ級！という方もいらっしゃるかもしれませんね？

私は実家の父が無類のクラシック愛好家でしたので、毎日父がかけるレコードの音楽に包まれて育ちました。また母や近くに住んでいた祖母が生花を教えていたこともあって、物語の中で、さくらが音楽をお花にたとえたように、音楽とお花が自然に結びついていた気がいたします。

物語を創るときも音楽を聴きながらイメージを膨らませることが多いのですが、『夏色の幻想曲』でも、シューベルトのピアノ連弾曲「幻想曲へ短調 Op.103 D.940」が、ストーリーのきっかけや展開のベースになりました♪

この曲は、私も高校生の頃に、幼稚園からの同級生でピアノ仲間でもあったMちゃん（オ能豊かな彼女は、今はヨーロッパを拠点にチェンバロ奏者として活躍中です！）とコンビを組み、発表会やミニコンサートでも演奏した思い出深い連弾曲です。私は武と同じセカンドパートでしたが、弾くほどに奥が深く、二人で夢中になって練習した曲でした。

ピアノはソロが花形と思われがちですが、最近は兄弟のピアノデュオ〝レ・フレール〟の活躍などもあり、クラシック、ポピュラーを問わず連弾がブームになっていますね。

大作曲家でありながら家庭で楽しめる音楽を大切にしたシューベルトは、連弾曲を30曲以上も作ったそうです。

「幻想曲へ短調」も、二人が一つのピアノで時にはしみじみと語り合うように、また躍動的に追いかけっこしたりしながらハーモニーを紡ぐ連弾の魅力がたっぷりと詰まった素敵な曲ですので、皆様もどうぞぜひお聴きになってみて下さい♪

なお、物語の原案はもう20年以上前に書いたもので、舞台の北海道のY町は、当時主人と旅行した余市～岩内あたりの印象的な風景を、アットランダムに配しています。（フランスの気候とほぼ同じという美しい風景の中、たった7人でラベル貼りまで愛情を込めて手作業で行っていた余市ワインの工場や、〝カレ〟という本格的ノルマンディチーズを作っていた岩内の赤いとんがり屋根のチーズのお城など、今も健在かしら…？）

物語は、その後時々手を加えながら長年温めて完成させましたが、二〇〇七年刊の新風舎版を経て、このたび文芸社さんから再出版していただけることになり、たいへんうれしく思っております。

文芸社さんには、二〇〇二年にクリスマスの童話『心のおくりもの』を、二〇〇八年には新刊の『12の動物ものがたり』や、我が家の愛犬ムサシとの生活を綴った『わんわんムサシのおしゃべり日記』の再出版もしていただきまして、とても良いご縁があります。『12の動物ものがたり』に続き、お心のこもったご感想やアドバイスと共に出版をセッティングして下さった文芸社企画部の伊藤和行さんや部長の坂場明雄さん、『わんわんムサシのおしゃべり日記』に続いて、今回も素敵な本に仕上げて下さった編集部の加納美穂さんや文芸社のスタッフの皆様も、本当にありがとうございました！

表紙カバーの絵や本文中のカットは、友人で画家の西川知子さんが描いて下さいました。温かくかわいらしい絵で物語を彩って下さり、感謝いっぱいです。

この作品を手にして下さった読者の皆様はもちろん、応援し続けて下さる恩師の方々や友人たち、音楽とお花のある環境で育んでくれた両親と妹や家族たち、そしてどんなときも最強の味方である主人と、心の中で永遠に生き続け守ってくれている音楽好きの♪故・愛犬ムサシにも、心からの「ありがとう」を贈りたいと思います。

今年もテレビ中継されたウィーン・フィルのニューイヤーコンサートでは、敵対するイスラエルとアラブ諸国の若者たちを一つの楽団でつなぐ活動も行っているピアニストでもあるバレンボイムさんが、平和への願いを込めて指揮台に立たれていました。一九八七年のニューイヤーコンサートのときは、指揮者のカラヤンさんが「Peace, Peace and once more Peace」と訴えていらしたのが印象に残っています。

音楽が人の心を潤し結ぶ力になることも信じながら、この物語を小さな心の香りの花束として、皆様のもとにお届けできましたら幸せです♪

山部京子

二〇〇九年 夏

著者プロフィール
山部 京子（やまべ きょうこ）
主婦・児童文学作家。

1955年、宮城県仙台市生まれ。宮城学院高等学校卒業後、ヤマハ音楽教室幼児科＆ジュニア科講師を７年ほど勤める。結婚と同時に神奈川県横浜市へ。その後、石川県金沢市に移り現在に至る。

子どもの頃から犬や動物、音楽や読書が大好き。1989年、少女小説でデビュー。きっかけは、結婚後共に暮らした愛犬ムサシの日記の一部を出版社に見せたことから。

主な著書は、『あこがれあいつに恋気分』〔ポプラ社〕(1989年)、『あしたもあいつに恋気分』〔ポプラ社〕(1991年)、『心のおくりもの』〔文芸社〕(2002年)、『わんわんムサシのおしゃべり日記』〔新風舎〕(2005年)、『夏色の幻想曲』〔新風舎〕(2007年)、『12の動物ものがたり』〔文芸社〕(2008年)、『わんわんムサシのおしゃべり日記』再出版〔文芸社〕(2008年)。

日本児童文芸家協会会員。動物文学会会員。

装画・挿絵
西川知子（にしかわ　ともこ）
1949年生まれ。
横浜に在住。
現在「中央美術協会」会員。

本書は2007年２月に新風舎より刊行された単行本に加筆・修正をしたものです。

夏色の幻想曲

2009年７月15日　初版第１刷発行

著　者　山部 京子
発行者　瓜谷 綱延
発行所　株式会社文芸社
〒160-0022 東京都新宿区新宿1－10－1
電話 03-5369-3060（編集）
03-5369-2299（販売）

印刷所　株式会社平河工業社

ISBN978-4-286-07033-9